아무 날도
아닌 날

당신은 언제나 옳습니다. 그대의 삶을 응원합니다. — **라의눈 출판그룹**

아무 날도
아닌 날

1판 1쇄 | 2015년 3월 31일
1판 2쇄 | 2015년 5월 15일

지은이 | 최고운
펴낸이 | 설응도
펴낸곳 | 라의눈

편집장 | 김지현
기획·편집 | 최현숙
마케팅 | 김흥석
경영지원 | 설효섭
디자인 | Kewpiedoll Design

출판등록 | 2014년 1월 13일(제2014-000011호)
주소 | 서울시 서초중앙로 29길(반포동) 낙강빌딩 2층
전화번호 | 02-466-1283
팩스번호 | 02-466-1301
전자우편 | eyeofrabooks@gmail.com

ISBN : 979-11-86039-21-2 03810

잘못 만들어진 책은 구입처나 본사에서 교환해 드립니다.
책값은 뒤표지에 있습니다.
라의눈에서는 독자 여러분의 소중한 아이디어와 원고 투고를 기다리고 있습니다.

아무 날도
아닌 날

인생에서
술이 필요한 순간

최고운 지음

라의눈

이 책은 실직, 실연, 연애, 섹스의 함정에 숱하게 빠졌다가 다시 기어 나오기를 반복하며, 그럼에도 불구하고 불효와 남 탓을 게을리하지 않았던 현재까지의 제 인생을 술과 안주로 축약한 것입니다.

눈치챘다 생각합니다만, 당신이 흔히 에세이에서 기대할지 모르는 삶에 대한 가르침이나 교훈 혹은 일말의 깨달음이나 감동은 가당치도 않고요. 언제까지고 내 마음대로 살기 위해 고군분투해온 저의 '에로하고 싶지만 코믹한 날들'의 기록쯤으로 여겨주세요.

나와 남을 비교하는 고통에는 무디지만 단지 어제보다는 괜찮은 사람이 되고 싶다는 마음 하나로, 성공도 실패도 아닌 그냥 이렇게 소처럼 묵묵히 가는 인생도 있답니다. 그러니 실패하고 미끄러지는 장면들에서 속마음을 죄다 끄집어내놓고 창피한 줄도 모르다가, 이내 대책 없이 뻔뻔해지는 저를 보고 '역시 인생은 대단하지 않아도 안심이야' 하며, 같이 술 한 잔 하는 기분이 든다면 좋겠습니다.

차
례

서문 ● 4

1

연애권장 酒

두물머리에서 | 주먹밥과 맥주 ● 12

미신이 아닌 관계 | 똠얌쿵과 싱하 맥주 ● 19

연애를 부르는 관계설정의 기본 | 닭강정과 산미구엘 ● 23

돌싱의 아픔, 혹은 안심 | 돈코츠 야키소바와 진저 하이볼 ● 30

관계의 '색'을 넘어 '계'로 | 돈코츠 라멘과 산토리 프리미엄몰츠 ● 36

관계의 노 젓기 | 게살 크로켓과 창 맥주 ● 41

발라드는 남자의 장르 | 족발, 순대와 참이슬 ● 45

예쁨에 관하여 | 홍콩 스파이시 크랩, 꽃빵과 이과두주 ● 50

연애하게 했던 이유로 헤어지는 연애 | 모듬꼬치와 참이슬 ● 54

'사연팔이'는 횟집에서 | 방어회와 한라산 소주 ● 61

김경미와 전혜린 | 치즈케이크와 뱅쇼 ● 66

니로운 게 니로운 거지 | 콜라와 잭 다니엘 ● 71

2

감정발화 酒

그는 두괄식 나는 미괄식 | 제주전복, 고등어구이와 한라산 소주 ● 76

광화문 안개꽃 | 기본 안주와 병맥주, 양주 ● 79

아무 날도 아닌 날 | 깔루아밀크 ● 84

사람들은 즐겁다 | 곱창어구이, 조개탕과 처음처럼 ● 87

초라함 | 일식 곱창볶음과 월계관 사케 ● 91

물고기 | 시메사바와 화요 ● 94

살몬핑크 마가리타 | 화이타와 마가리타 ● 97

조로하는 기분 | 고르곤졸라 피자와 에딩거 ● 102

기묘한 오후의 한강 | 마늘치킨과 생맥주 ● 105

도시의 눈 | 오뎅탕과 좋은데이 소주 ● 111

사랑초가 속아서 피던 방 | 양꼬치와 칭다오 맥주 ● 114

모난 돌 | 닭도리탕과 참이슬 ● 120

3

일상편린 酒

나는 어떻게 비키니라인 제모를 망쳤나 | 살라미와 앱솔루트 보드카 ● 126

그것은 외탁 | 삼겹살과 처음처럼 ● 134

청담슈퍼 둘째 딸 | 오징어버타구이와 산마구엘 ● 141

이무기의 운명 | 가리바구이와 예거밤 ● 146

처녀들의 저녁식사 | 돼지껍데기와 소맥 ● 151

아름다운 찡그림 | 글렌피딕 ● 155

중3수학 | 평양냉면과 두꺼비 소주 ● 163

하고 싶니? | 돼지갈비와 백세주 ● 168

그냥 하면 안 될까 | 종로 포장마차 떡볶이와 국산 캔맥주 ● 174

PMS가 억울한 서른의 여자 | 옛날빈대떡과 장수 생막걸리 ● 180

4

기억상실 酒

짝퉁 블라우스 | 소고기 타다키와 호세쿠엘보 ● 190

나의 아름다운 정원 | 간장새우장과 모히토 하이볼 ● 196

여우의 달콤한 포도 | 초콜릿과 레드와인 ● 204

죽음 | 짜장면과 대나무 죽통주 ● 209

실패의 날들 | 순댓국과 처음처럼 ● 215

살기 위한 자살 | 미니족발과 서울 막걸리 ● 219

비겁하게 살아남기 | 대게찜과 샴페인 ● 224

반짝반짝 빛나는 반지하의 자영업자 | 고노와다와 고구마 소주 ● 232

두루미처럼 꿈뻑꿈뻑 | 곱창전골과 기린 츄하이 ● 238

하지만, 어른이니까 | 대구탕과 오크젠 소주 ● 242

우리는 모두 아름다운 잉여예요 | 교자만두와 아사히 캔맥주 ● 246

나는 걸레, 나는 행주 | 감자튀김과 에딩거 생맥주 ● 250

노란 리본 ● 256

감사의 글 ● 262

1

연
애
권
장
酒

K는 작은 거실에 방이 두 개 달린 아

담한 빌라에서 신혼을 시작했다. 그

녀의 말로는 저녁상을 치우고 나란히 앉아 거실 벽에 매달은 TV

를 보던 신랑이 슬그머니 일어나 화장실로 가는 것까진 좋은데,

세면대에 물을 틀어 놓고 볼 일을 본다는 거다. 물이 아까워 죽겠

다는 K의 말을 듣고 나는 그 남편, 참 귀엽다고 생각했다. 어쨌든

아무리 물이 아까워도 남편이 민망해할까 봐 수도꼭지 잠그고 그

냥 편하게 볼 일을 보라는 말은 차마 못했다고 한다. 이제 그 집

아들이 학교에 들어갈 정도로 시간이 흘렀다. 문득 궁금했다. 아직도 K의 신랑은 수도를 틀어놓은 채 볼 일을 볼까? 아니면 아내가 이를 닦고 있는데 문을 벌컥 열고 들어와 변기 커버를 올리고 아무렇지 않게 일을 보고 나가는 그런 흔한 영화의 한 장면 같이 되었을까?

어느 초겨울 아니면 이른 봄. 양수리 두물머리로 향하는 차 안에서 나는 배가 살살 아파왔다. 오면서 차 안에서 먹은 김밥천국 참치김밥과 차가운 캔맥주 하나가 범인인 것 같았지만, 두물머리에 거의 다 왔으니 내려서 화장실에 가면 될 테지, 대수롭지 않게 여겼다. 그러나 차에서 내리는 순간 그 계절 물가의 싸늘한 공기가 피부에 닿음과 동시에 눈앞이 캄캄해지기 시작했다. 나는 애써 침착하게 목소리를 가다듬고 말했다. "자기야, 나 화장실 가고 싶어요." "아, 그래? 저쪽에 있네." 하느님 맙소사. 그가 말하는 곳에는 요즘은 한강고수부지에서도 찾아보기 힘든 파란색 플라스틱 간이 화장실이 서있었다. 저 안으로 들어가는 모습을 보여줘야 한다고? 시폰블라우스에, 플레어스커트에, 하이힐을 신고? 하지만 그보다 더 절망적이었던 것은 저 '통' 안에는 남의 똥만 가득하고 휴지가 없다는 사실이었다.

여중생이 되고부터 엄마가 만들어준 습관으로 항상 손수건을 가지고 다니는 내 핸드백 안에는 그날따라 손수건만 있고 휴지가 없었다. 일이 이렇게 되었으니, 고속도로 휴게실 정도의 화장실을 기대하고 자연스럽게 들어가 '큰 일'이 아니라 '작은 일' 정도 해결하고, 화장 고치느라 시간이 오래 걸린 척하며 나오기는 다 틀렸고, 내가 똥 싸는 시간까지 모두 측정 당하게 생기질 않았는가. 나는 절망했으나, 애써 태연한 척 말을 이었다. "어머 자기야, 저기뿐이야? 화장실이 저게 최선이야?" "그러게, 저 쪽으로 좀 가볼까요? 그런데 자기 급한 거 아니었어?" 나는 내 똥을 대화의 주제로 만들고 말았다는 사실에 후회했다. 하지만 이제와 내가 할 수 있는 건 침착하고 자연스럽게 대화를 이어나가는 것 뿐. "아냐 됐어. 그런데 자기야……. 차에 휴지 있어?"

그랬다. 이제 더 갈 곳도 없었다. 나는 건조한 나뭇가지처럼 거칠거칠 닭살이 돋은 팔을 아무런 감정 없이 뻗어 휴지를 챙기고, 원망스러운 파란색 플라스틱 간이 화장실로 향했다. 느긋한 척하는 내게 본때를 보여 주려는 듯 이미 뱃속에선 전쟁을 알리는 폭죽이 터지고 있었다. 아악! 안 돼, 이래선 안 돼! 발걸음은 빨라졌고 머릿속은 하얘졌다. 정신을 차려야 한다! 지금 뒤에서 날 보고 있는 남자가 있어! 논두렁 같은 흙길에 하이힐 뒷굽이 푹푹 빠졌다.

아악, 뒤뚱뒤뚱,

아악, 허둥지둥,

아악!

그렇게 전쟁은 끝이 났다. 이제 나갈 일이 문제다. 나는 원망스러운 플라스틱 간이 화장실 문을 다소곳이 닫고 나왔다. 마치 호랑이 시어머니 시집살이에 숨소리도 제대로 못내는 며느리가 곳간 문 여닫듯이 애써 차분하게. 그리고 그 흙길을 다시 종종거리며 걷는 내내, 아까부터 나를 보고 있는 것이 분명한 저 남자의 눈을 한 번도 맞추지 못했다. 차 문에 기대어 청바지 주머니에 두 손을 찔러 넣고 서 있던 그는 빙글대며 동네 꼬마 보듯 나를 보고 있었다. 제발 그러지 마. 난 꼬마가 아니고 당신과 데이트를 시작한 지 얼마 안 된 여자라고. 나는 입을 꾹 다문 채 차 문 손잡이만 쳐다보고 있었다. 남자는 슬그머니 내 어깨를 끌어안으며 기어이 나를 놀리기 시작했다. "아이고오, 배가 많이 아팠어요? 이제 시원

해요?" 하지 마! 애 다루듯이 하지 말라고! 적당히 저지할 말을 떠올리지 못한 나는 어이없게도 그만, 울음을 터트리고 말았다. 이 총체적인 난국을 어떻게 헤쳐 나가야 하지? 울면서도 생각했지만 애 다루듯 구는 게 싫다고, 애처럼 울어버리는 애를, 애 취급 말고 어떻게 대하겠어?

눈물의 데이트로부터 얼마 후, 4대강 사업으로 사라져버린 아름다운 두물머리에서 아가씨처럼 차려 입고 똥마려운 강아지처럼 안절부절 못하다 결국 울음을 터트리고 만 동네 꼬마의 데이트 장면이 떠오른 것은, 한참이 지난 어느 아침이었다. 현관문을 나서고 뚜벅뚜벅 걷는 소리가 작아진 뒤 엘리베이터 도착을 알리는 소리가 울리는 그 짧은 사이에 아파트 복도가 울릴 만큼 우렁찬 방귀소리를 듣고는 웃음이 터졌기 때문이다. 달려 나가서 볼을 꼬집어 흔들고 안아주고 싶을 만큼, 놀리고 싶은 것이 아니라 사랑스러워서였다. 나랑 있으면서 얼마나 참았을까, 그러니 지금 얼마나 시원하겠어, 이런저런 생각에 한참을 소파 위에서 뒹굴며 킥킥댔다.

그렇긴 해도 설마하니 내 인생에 저 소리를 바로 옆에서 거침없이 들을 날이 올 거라는 건 상상하기 좀 어렵다. 지금은 아니지만, 종국에는 만나게 될 연인 간의 모든 생리현상의 순간들이 자연스럽기 위해서는 아무리 생각해도 의도치 않아야 할 것 같다. 그렇다. 모든 것은 불시에 와야만 한다. 예상 가능한 변의나 긴장감 없는 방귀는 정말 견딜 수 없을 것 같다.

왜냐면, 사랑하니까. 당신과 나 사이에 익숙함과 당연함과 긴장감 없음은 최대한 미루고 미뤄 끝끝내 오지 않기를, 특히나 생리현상에 있어서는 제발, 오더라도 될 수 있는 한 가장 늦게 오기를. 부디.

주먹밥과
맥주

드라이브 데이트 중 의외로 중요한 부분이 목적지에 가서 정식으로 식사하기 전,

이동 중인 차 안에서 허기를 채우는 일이 아닐까. 본 식사를 방해하지 않을 정도의 양,

입맛을 망치지 않을 정도의 맛, 옆에서 먹여주기에 간단할 것, 그리고 무엇보다 뱃속에서

곤란한 신호가 오지 않도록 거리와 시간을 잘 계산할 것.

미신이 아닌 관계

성급한 일반화의 오류겠지만, 주위
엔 아버지와의 소통에 실패하고 어
머니에게 연민하는 남자들이 흔했다. 그들은 하나같이 아버지를
미워하거나 적어도 떠올리기 싫어했고, 임시방편이나마 마음속으
로 외면하며 가족에서 제외시키고자 했다. 한편 어머니를 동정하
고 연민하며 '그러고 사는 것'에 답답해했으며, 자주 드러내진 않
았지만 불쌍해하고 지겨워했다. 때때로 그러했다는 것이다. 마치
내가 그랬던 것처럼 말이다.

내가 엄마를 사랑하지만 엄마처럼 살기 싫었고 그렇게 살게 될까 봐 걱정했던 것처럼, 그들도 아빠를 사랑하지만 아빠처럼 살기 싫고 그렇게 살까 봐 두려웠기에, 모든 제도와 관습을 거부하듯 결혼을 하고 가정을 꾸리고 한 집안의 가장이 되어 새끼를 까는 것을 최후의 순간까지 겁냈던 것일까.

이와 같은 고민에서 자유로워지는 데에 정확히 십이 년이 걸렸다. 나는 이제 부모의 어느 한쪽도 미워하지 않으며, 연민하지 않으려 노력한다. 나는 그저 그 두 사람이 일으킨 화학적 반응의 결과물일 뿐, 스물이 되고 서른이 되는 사이, 이제 나의 삶은 그들에게서 완전히 분리되었다고 여긴다. 더는 나 아닌 다른 이 때문에 내 삶이 결정될까 걱정하지 않는다. 그것이 가족이라 할지라도 말이다.

내가 여기까지 온 것은 오롯이 나의 의지였고, 앞으로는 더욱 그러할 것이다. 낳아준 것에 대하여 큰 고마움을 느끼지 못하지만, 다만 살아온 세월에 대하여는 감사한다. 피를 나눈 것은 신의 거룩한 의도도 장난도 아닌 그저 우연일 뿐, 중요한 것은 이제껏 서로를 겪으면서 쌓아온 관계와 인연이다.

얼마나 멀리 얼마만큼 오래 떨어져 있었는지와는 무관하게 내가 태어나서 처음으로 맺은 인연으로 서로 기대고 살뜰하며, 가끔은 미워하고, 이따금 원망도 하지만 그것은 모든 관계가 갖는 속성일 뿐 내가 사춘기 때 막연히 겁내던 '미신' 같은 것들, 더 이상의 종속이나 보상, 파생이나 지속을 의미하는 것은 아니라는 걸 지금은 분명히 안다.

톰얌쿵과
싱하 맥주

집 근처 골목에 간판의 상호조차 '돔얌꿍'인 톰얌쿵집이 있다.

달고, 시고, 맵고, 짠맛의 낯섦 때문에 자주 찾게 되지는 않지만

이따금 시작과 끝을 알 수 없어, 한 번에 간파되지도 않는 그 묘한 맛이 궁금해질 때가 있다.

연애를 부르는 관계설정의 기본

소개팅이나 맞선 같은 경험은 전무하기 때문에 딱히 할 말이 없다. 일평생 걸어온 단 하나의 길이 있다면 그것은 '내 남자는 내가 알아서 물색하고, 타깃팅하고, 득한다'. 하지만 데이트가 몇 번 진전된 경우라면 다르다. 최근 맞선에 열을 올리고 있는 H는 몇 차례의 데이트에도 불구하고 진도를 못 뽑는 남자의 답답함에 대한 고민을 토로하다 내가 전해준 몇 가지 대화 스킬을 수첩에 받아 적어갔고, 그 둘은 잘, 끝났다. 지지부진한 남자에게는 멈출 것인가 계속 갈 것인가의 국면이 필요하기 때문이다. 어쨌든 나의 전공은 격식보단 비격식, 문득 한 가지 당부하고 싶은 것이 있다.

학교나 학원은 물론이고, 교회나 성당 같은 종교 활동, 춤이나 수영 같은 취미 활동 등 우리는 수많은 커뮤니티 안에서 이런저런 인간들과 부대끼며 욕도 하고, 친목질도 하고, 싸움도 하고, 연애도 한다. 그중에 죽이 맞고 남녀비율이 얼추 맞아떨어지는 친목 무리가 생기면 슬슬 활동하는 커뮤니티에 체류하는 시간도 늘어나고, 더 많은 시간을 떼어내서 만나기도 하면서 본래의 목적에서 멀어져 '친목질'에 불타오르게 되는데, 바로 이때. 신체 건강한 남녀라면 그 안에서 불꽃도 일으키고 물의도 일으키게 되는 법. 우리는 친목 커뮤니티 안에서 여왕벌이 되는 법, 물의를 일으키지 않고 모든 남자와 데이트하는 법을 터득하기에 앞서 기본적으로 갖춰야 할 자세가 있음을 알아야 한다. 바로 커뮤니티 안에서의 관계설정이다.

우선 잊지 말아야 할 것이 있다. 우리는 친목질, 또는 연애질과 같은 '불순한' 의도로 모인 사람이 아니라는 점이다. 기본적으로 공부를 잘하거나 신앙심이 깊거나 춤을 잘 추거나 수영을 잘하는 것이 좋다. 같은 목적으로 만난 아마추어들 사이에서 호감을 사는 방법은 단순하다. 잘하는 것이다. 하지만 잘하는 것보다 더 중요한 것이 있다. 못하지만 열심히 하는 것, 티를 내지 않고 성실하다면 그 커뮤니티 안에서 에이스보다 더 큰 인기를 얻을 것이다. 어쨌든 동성과 이성 모두에게 호감을 사기 위해서는, 특히 동성들에게 꼴불견으로 보였다가는 끝장나기 쉬운 것이 취미 모임이므로 '쟤는 춤추러 오는 게 아니라 여자 만지러 오나? 쟤는 수영하러 오는 게 아니라 가슴 자랑하러 오나?' 하는 오해를 사서는 절대 안 되는 것이다.(그런 의도로 온 것이라면 미안하다.)

그리고 본격적으로 경계해야 할 것이 '무성의 친분'이다. 여자후배들 사이에서 언니로 통하는 남자들, 스스로 게이가 아니면서 게이와 다름없이 분류되고 있다면 심각하게 받아들여야 한다. 여자도 마찬가지다. 형이라는 설정은 거의 드물긴 하지만, 섣불리 누나나 엄마를 자처해서는 망하고 만다. 나이가 서른이 넘자 애 낳은 친구들도 생기고 그래서인지 갓 스물 된 남자 아이돌을 보면서 애기 같다느니 남자로 보기엔 죄짓는 기분이라느니 하는 말들을 쉽게 하는데, 바로 이런 생각부터 뿌리 뽑아 던져버려야 한다. 스무 살 이상이면 다 된다. 미성년자만 아니면 되는 것이다. 어차피 디테일을 따지자면 남녀를 떠나 하늘아래 똑같은 인간 하나 없는 것이고, 큰 맥락으로 보면 남자는 다 똑같다. 인간은 생물학적 나이가 문제가 아니라, 나잇값을 하느냐 마느냐가 문제일 뿐이다.

연애에 환장한 것도 아닌데 꼭 그렇게 관계설정을 염두하고 살려면 피곤하지 않느냐고 물을 수도 있다. 요점은 피곤할 정도로 여자, 여자를 내뿜으라는 이야기가 아니라, 선을 넘지 말라는 것이다. 아냐 난 순수해, 이 커뮤니티 안에서 절대 연애할 생각 없어, 이렇게 생각할 수도 있지만 알다시피 연애의 감정은 언제 어느 때 누구에게 생길지 모른다. 연애의 감정이 반드시 새로운 사람에게 생기라는 법도 없다.(나는 고1 때 처음 사귄 남자친구와 헤어져 소주 네 병을 마시고 기절하며 괴로워할 때 옆에서 해장라면을 사주며 위로해주던 엄마친구 아들과 사귀었다. 6학년 때부터 고1까지 같이 사우나 가자는 소리를 할 정도로 스스럼없는 친구였는데, 고등학교 3년 내내 사귀는 사이가 된 것이다.)

그러니 결정적인 순간에 가서, 고마워 오빠 너무 좋은 사람이야, 소리나 듣고 커피셔틀이나 해대다가 노래방에서 울면서 토이 노래를 할 생각이 아니라면 새겨듣는 것이 좋다. 여기서 더 중요한 것은 관계는 그 안에서 끝나지 않는다는 사실이다. 커뮤니티 안 사람들과의 '썸'은 아닐지라도 그들이 누군가에게 소개할 때 "아, 걔는 여자 아냐. 진짜 편해, 진짜. 완전 누나! 완전 엄마! 완전 남자!" 셋 중에 뭐라도 걸리면 끝난 거다. 어쩌면 그 안에서 무성의 편안한 존재가 아니라, 어딜 가나 그런 존재일지도 모른다. 그러니 지금부터라도 함부로 '엄마미소'같은 단어를 입에 올리지 말아야 한다.

남녀관계가 이성이 아닌 편안한 무성의 친분으로 흘러가면, 스스럼없이 어울려 노는 것의 명분은 될지 모르겠다. 그러나 모든 관계는 성적매력을 전제로 한다는 사실만은 변함이 없다는 것을 잊지 말아야 한다. 사람들 사이에서 단지 'one of them'이 아니라 특별한 느낌을 발산할 수 있는 재주를 타고 났다면 모르겠지만, 그저 한 덩어리의 무리로 기억될 정도의 존재감으로 여기저기 휩쓸려 다니거나, 이성이 너무 쉽게 허물없이 대하도록 경계를 풀어서는 안 된다.

예외인 경우도 물론 있다. 아무리 선머슴 짓을 해도, 누나를 자처해도, 심지어 엄마처럼 굴어도 통하는 여자. 바로 예쁜 여자다. 예쁜 여자들은 오히려 그런 무성의 관계설정으로 남자의 마음을 쉽게 빼앗는다. 털털하게 팔짱을 끼우고, 우악스럽게 목을 조르고, 남자를 놀리고 때리고, 심지어 아무렇지 않게 엉덩이를 툭툭 쳐도, 그날 밤 그 남자의 고추는 터지고 마는 것이 바로 예쁜 여자들의 힘이다. 그런데 과연 우리가 그 정도로 예쁜가? 냉정하게 판단해야 한다. 그동안 나의 모자란 미모를 상쇄시키는 관계설정 스킬로 20년간 쉬지 않고 연애를 이어올 수 있게 한 본능적 노하우를 털어 놓았으니, 이쯤 해뒀으면 내 말 잘 알아들었겠지.

닭강정과
산미구엘

치킨과 골뱅이가 언제부터 모임 및 단체 술자리의 기본이 되었는지는 모르겠다.

아마도 맛, 가격, 그리고 대중성의 삼위일체 덕분이겠지.

돌싱의 아픔, 혹은 안심

"그런데, 돌싱이야."

"애는?"

"애는 없어."

"그럼 괜찮네."

"아니야 형, 돌싱은 아픔이 있대."

"무슨 아픔?"

"하여간 있대. 돌싱은 아픔이 있댔어."

"그니까 무슨 아픔, 인마."

"하여간 있어, 형! 돌싱은 아픔이 있다니까?"

"저 새끼 술 주지 마."

그러고 나서도 J는 돌싱과 아픔이라는 단어를 열두 번쯤 반복했고, Y형은 아예 귀를 닫고 담배만 피워댔다. 아이러니하게도 J는 3년 뒤 아이 없는 돌싱이 되었다. 그리고 그 즈음 나에게는 돌싱의 아픔보다는 돌싱조차 되어보지 않은 자가 갖는 불안이 엄습해오기 시작했다. 그건 다 박사과정을 시작한 K 때문이었다. K의 연구실에는 '오십 살 된 아가씨'가 있다고 했다. 나는 오십 살 된 아가씨가 대체 무슨 말이냐고 물었지만, K는 차분하게 그녀가 결혼을 한 번도 안 한 싱글이라고 설명해주었다. K는 다소 격앙된 어조로 말을 이었다. "워낙 우리 연구실에 여자가 많아서, 결혼한 여자도 많고 이혼한 여자도 많고, 하여튼 오십 살 마흔 살 된 싱글도 있어. 근데 정말 무서운 게 뭔지 알아? 사람들이 이혼한 여자는 아무렇지 않게 생각하는데, 결혼을 한 번도 안 한 여자들에 대해선 이상하게 봐. 왜 저 나이 되도록 혼자 있나, 무슨 문제가 있나, 엄청 숙덕거려." 나는 머리가 아파왔다. 평소에 음료처럼 마시던 하이볼을 반 잔도 마시지 못했다. "더 슬픈 게 뭔지 아니?" K는 내 두통에도 아랑곳하지 않고 말을 이었다. "오십 살 된 아가씨는 결혼을 원하고 있어. 오십 살인 현재까지도! 독신주의 소신을 지키느라 힘든 것이 아니라, 하고 싶어도 안 되는 결혼 때문에 지금도 힘들어하고 있다고! 마치 미래의 내 모습 같아서 나 너무 무서워." K의 얼굴은 절망적이었다. 나는 문득 J에게 전화를 걸어 돌싱의 아픔보다는 안심을 느끼라고 말하고 싶어졌다.

같은 이자카야에 이 주 전에 왔을 때 엄마는 '이게 무슨 주스지, 술이냐'며 진저 하이볼을 연거푸 석 잔이나 마시더니 결국 취했다. 그리고는 안하던 잔소리를 늘어놓기 시작했다. 결혼 이야기였다. "너는 언제까지고 그렇게 연애만 하다가 늙어 죽을 셈이니? 너는 뭐 젊음이 영원할 거 같아?" "하지 마, 엄마. 나 결혼 얘기 재미없어." "해 봐, 이 년아. 살면서 한 번은 해 봐야지!" 평생 못된 딸로 살아온 나의 대답은 뻔했다. "엄만 결혼해서 좋았어? 자긴 중간에 때려 치고서 왜 나더러 하라고 난리야. 할 거면 우리 중에 제일 나이 많은 엄마부터 해." "야! 일단 해! 하고서 아니면 까짓 거 이혼하면 되는 거지!" "뭐야, 그게 엄마가 딸한테 할 소리야?" "그래! 할 소리는 아니다만……. 왜 해보지도 않고 안 하려고만 하냐 이거지 엄마는……." 엄마의 목소리가 작아졌다. 조금 웃을 뻔 했지만 꾹 참았다. 그때 언제나 중재자 입장인 언니가 끼어들었다. "나도 늦게 갔잖아, 얘도 할 때 되면 다 알아서 하니까 지금 엄마가 뭐라고 해봤자 귓등으로도 안 들려. 나도 그랬어. 그러니까 결혼 애긴 하지 마, 엄마." 엄마는 또 너희 둘이 편을 먹느냐는 듯 눈을 흘기고 술잔을 들이켰다.

엄마가 외로울 거란 생각을 하지만 여기서 약해지면 안 된다. 나는 내 마음대로 사는 것에 고군분투해 온 사람이다. 엄마는 목소리를 가다듬고 비장하게 말했다. "내가 딸년들을 너무 똑똑하게 낳아놔서, 자기주장들이 얼마나 강한지 아주 못 당한다. 다른 집 자식들은 어디 가서 사고라도 쳐서 애 가졌다고 결혼시켜달라고 하는데, 내 딸년은 그런 재주도 없어." 나는 이 대화를 다시는 반복하고 싶지 않았고, 결국 그렇게 만들었다. "내가 얼마나 열심히 피임을 하는지 알면 우리 엄마 되게 섭섭할 거야." 엄마는 헛웃음을 터트렸고 언니는 귀를 막고 소리쳤다. "난 이런 대화 너무 싫어!"

내가 좀 세게 나갔나 싶었지만, 덕분에 한참 잠잠했다. 엄마가 다시 결혼 이야기를 꺼낸 것은 그로부터 거의 일 년쯤 지난 뒤였다. 역시 또 술기운을 빌었고, 이번에는 내가 아닌 나의 애인을 비난하는 것으로 이어졌다. 딸년이 막 나가니까 엄마도 작전을 변

경한 거다. 그리고 그 작전은 조금 먹혀들었다. 나는 센 농담으로도 받아치고 싶지 않을 만큼 스트레스를 받았던 것이다. 결국 엄마와의 술자리를 당분간 갖지 않는 쪽으로 결론지었다. 나는 엄마의 행복을 위해 결혼을 했다가, 엄마를 원망하지 않을 자신이 없다. 나는 내 마음대로 살기 위해 고군분투해 온 사람이 아닌가. 선택도 후회도 나의 것이라야 안심할 수 있다. 그러니 결과적으로 말하자면, 불효의 길을 가는 것이 결국 효도가 된다. 나는 아직 유부녀도, 돌싱도, 싱글맘도, 아무것도 되고 싶은 마음이 없기 때문이다.

돈코츠 야키소바와
진저 하이볼

산토리위스키에서 가쿠빈을 만들지만 않았어도

내가 여름밤마다 하이볼 생각에 잠 못 들며 괴로워하지 않았을 텐데.

관계의 '색'을 넘어 '계'로

그렇게 새벽 네 시에 푹, 하고 쓰러졌다. 눈을 뜨니 아침 열한 시. 신기하게도 눈을 뜨자마자 이장혁의 〈얼음강〉이 듣고 싶었다. 그 듣고 싶은 욕구가 어색함이 느껴질 정도로 강해서, 거 참 무슨 대단한 음악 애호가라고, 빙글거리는 방바닥을 간신히 기어 컴퓨터의 전원버튼을 눌렀다. 술이 덜 깬 모양인지 속도가 지루할 정도였다. 아침을 한참 지나 점심이 가까워 하루가 시작된 것이 참으로 허망했다. 어쨌거나 이장혁은 좋구나, 생각했다.

늘 그랬듯 혼자인 방안에 누워 노곤한 기분이 드니 남의 살이 만지고 싶었다. 방에서 한 발짝도 안 나가고 그렇게 하루 종일 게으름 피우며 같은 이불 속에서 껴안고, 섹스도 하고, 배가 고프면 짜장면도 시키고, 달콤한 춘장에 단무지를 찍어 먹으면 얼마나 좋을까. 그런 생각들을 하자니 조금 괴로웠다. 지난밤 꿈에 남자가 기르는 강아지가 나왔다. 코끝에 매달린 콧물이 하얗게 얼어있었다. 여느 때처럼 이마를 쓰다듬지 않고 나는 새카맣게 반짝이는 눈망울을 바라만 보고 있었다. 언젠가 남자가 너무너무 싫어져서 다신 꼴도 보기 싫었던 적이 있다. 결국 그 강아지가 보고 싶어서 참지 못하고 내 발로 찾아갔다. 난 네가 보고 싶어서 온 게 아니라고, 난 네가 밉다고 분명하게 말했다. 남자는 내 손을 잡았다. 나는 손을 뿌리치지 않았다. 날은 너무 찼고, 손은 따뜻했다. 그래서 어쩔 수 없다고 합리화했다.

그 남자와 크리스마스를 네 번 보내는 동안 우리 사이엔 너무 많은 것들이 놓여있었다. 방안을 둘러봐도 그의 물건이 하나, 둘, 셋……. 말로 정리하는 관계는 간단하지만, 실제로는 번잡한 행동들이 뒤따른다. 그 기간이 길수록 절차는 복잡해진다. 물건을 옮기고, 주변을 치우고, 반으로 나누고, 사람들에게 알리고. 따지고 보면 관계를 유지하는 데에도 비슷한 합리화가 작용한다. 과거의 어느 연애에서는 예약해 놓은 공연을 포기할 수 없어 이별을 철회하기도 했으니, 이런 억지가 있느냐 말이다.

재미없는 이야기지만, 그 남자와 나는 2005년 여름의 끝에 만났다. 그때 그는 여자가 있었고, 나는 남자가 많았다. 그가 나에게 집중할 때 나는 다른 데를 보았고, 내가 그에게 몰두할 때 그는 한눈을 팔았다. 결국 서로 그랬으면서, 그에게 여자가 있었던 사실을 뒤늦게 알고 나는 배신감에 치를 떨었다. 그때가 내 인생의 전환기라 선을 그어놓을 만큼, 자존심에 상처를 입었다. 하지만 중요한 건 상처가 아니었다. 더 큰 문제는 따로 있었다. 바로 이 대목에서 스스로 참을 수 없는 자기환멸을 느꼈다는 사실이다. 죄책감이 없으니 죄 지은 것이 아니라는 식의 뻔뻔함으로 자유연애를 누려온 주제에, 그토록 깊은 내상을 입을 수 있는가. 그러니 때때로 벌을 받는 기분이다. 이런 식의 죄책감은 그 남자여서가 아니라, 어떤 남자를 만나든 똑같을 것이다. 나와 타인에 똑같은 잣대를 들이대는 공명정대함의 결여, 이기적인 관계맺음. 그것을 뛰어넘지 못한다면 평생 갈 업보일 테다.

어이없게도 남자는 지극했다. '네가 만난 남자들에 대해서 나라고 모를 줄 아냐'는 한마디로 모든 걸 깨끗하게 처리할 수도 있었을 텐데, 나의 감당 못할 '지랄'과 감정의 '미친년 널뛰기'를 모두 감내하며 촌스러운 내 자존심을 치켜세워주느라고 그랬는지, 정말 너 아니면 안 된다는 남자의 말이 진심이었는지, 그가 아니면 다시는 이런 애정을 받아보지 못할 것 같은 착각이 일 정도로 그는 따뜻했다. 항상 관계의 깊이와 넓이를 정하는데 칼자루를 쥐고 놓을 줄을 몰랐던 어린 여자애가 처음으로 상대와 함께 호흡을 맞추며 관계를 만들어가는 느낌이 들었다. 그렇게 마음이라는 것이 내가 제어할 수 있는 영역 밖으로 커져갔다고 느낄 때마다, 경계를 넘어섰다고 판단될 때마다, 무언가 무장해제 되는 기분을 견디지 못해 서둘러 이별을 내뱉곤 하던 못된 버릇도 고치고, 이제는 둘 사이의 스파크를 넘어 때때로 찾아오는 권태까지도 같이 지켜보기로 했다. 문제는 내 안에 있었다는 것을 알게 되었기 때문인지도 모른다. 그렇게 서른이 넘자 관계의 색色을 넘어 계戒를 알게 되었다.

돈코츠 라멘과
산토리 프리미엄몰츠

찐득한 돼지뼈 육수가 느끼하지 않은 건 중간 중간 맥주의 탄산으로 입안을 씻어주기 때문이겠지.

쓰고, 달고, 끈끈한 연애가 질척대지 않으려면 줄넘기를 넘듯 파도를 타듯

묵은 감정을 씻어줘야 하는 것처럼.

관계의 노젓기

"우디 앨런도 너와 비슷한 말을 했어. 영화 〈애니홀〉에 이런 대사가 나오지. 'A relationship, I think, is like a shark. You know? It has to constantly move forward or it dies. And I think what we got on our hands is a dead shark.'"

나는 B의 말을 알아들을 수 없었다. 앞으로 가지 않으면 잡아먹힌다는 정도만 이해하면 된 거라 생각했고, 그래서 되묻지 않았다. 내가 태어나기도 전에 만들어진 영화를 보는 일이 흔한 건 아니지만, 내 생각이 특별히 유일할 거란 기대는 없기 때문이다. 어쨌거나 나는 항상 관계란 '노 젓기'라 생각해왔다.

연애라는 관계에 몰두하게 된 다음부터 검은 머리 파뿌리가 되도록 백년해로하라는 주례사를 들을 때마다 이상한 의문이 들곤 했다. 과연 믿음이라는 것은 한 번 생기고 나면, 오 년이든 십 년이든 변치 않는 것일까? 그렇기에 나는 항상 사람과 사람이 만나는 일은 노 젓기와 같다는 생각을 한다. 끊임없이 노를 저어 앞으로 나가지 않으면 배는 뒤로 간다. 그 자리에 멈춰 있는 것이 아니라, 뒤로 가버린다. 그런 이유로 사랑하는 사람과 계속 밥을 먹고, 차를 마시고, 영화를 보고, 잠을 자야 한다. 사소한 것을 이야기하고 서로의 행방을 궁금해해야 한다. 끊임없이 둘만의 사연을 생산해내지 않으면, 결국 배는 뒤로 가고 만다.

태국 맥주를 세 병 째 비우며 아무 말 없이 나와 B의 대화를 듣고 있던 그녀의 표정은 어두웠다. "그와 대성리에 가서 노를 젓고, 삼겹살을 구워 먹고, 인스턴트커피를 마시고, 하룻밤 자고 오면 그의 마음이 돌아올까요?" 나는 대답할 수 없었다. 사람이 사람을 좋아하는 마음은 숨길 수 있지만, 반대의 마음은 결코 숨길수 없다는 걸 나도 알고, 그녀도 안다. 다만, 대성리에 가서 노를 젓고, 삼겹살을 구워 먹고, 인스턴트커피를 마시고, 하룻밤을 자고 나면, 그가 나를 싸늘한 눈빛으로 보건 말건 내 남은 감정의 잔해들을 훌훌 털어 꼭꼭 씹어 삼켜 똥으로 싸버릴 수만 있다면, 그래서 내 속이 후련해진다면, 대성리 행 기차표를 사는 것도 나쁘지 않을 거라 말해주었다.

사랑이 뭔지는 모르지만, 그것이 아프고 슬픈 것들과 비슷한 질량을 가졌다는 것은 나도 알고, 당신도 안다. 그러니 결국엔 스스로 내 마음에다 얼마나 정직하게 묻느냐의 문제로 남을 것이다. 그 정직함에 기인하여, 변심을 부정하거나 숨기지 아니하고, 적어도 미안한 마음을 가지는 것이 중요하다. 상대가 말하는 미안함의 정체에 대해 스스로 마음에다 대고 솔직하게 물어보기를 기대할 순 있어도, 내가 상대에게 노 젓기를 강요할 수는 없으니 말이다.

게살 크로켓과
창 맥주

인도, 홍콩, 중국, 일본, 필리핀과 태국까지. 많은 나라를 가보았다고 할 수는 없지만

늘 같은 생각을 한다. 왜 이렇게 다른 나라 맥주는 맛있는 걸까.

최근엔 우리나라 맥주도 고군분투하는 느낌은 들지만, 아직은 그래.

발라드는 남자의 장르

　　　　　　지난해 겨울까지 잘 사용하던 장갑
　　　이 어디로 갔는지 보이질 않았다. 잘
둔다고 둔 건데, 그런 경우 절대 못 찾는다. 백 프로다. 그거 나올
때까지 두고 보자며 오기로 버티다가 손가락이 똑똑 부러질 것 같
은 추위에 내가 지고 말았다. 일본 벳푸의 허름한 백화점에서 한
국 돈으로 이만 원 정도 하는 검정색 뜨개 장갑을 사서 다시는 잃
어버리지 않겠노라 다짐했다. 그리고 서울로 돌아온 지 이틀 뒤,
집을 나서면서 늘 양말바구니 위에 얹어두던 장갑을 집어 부랴부

라 정류장으로 향했는데, 버스를 기다리며 코트주머니에서 꺼낸 것은 검정색 장갑 한 짝과 검정색 양말 한 짝이었다.

그냥 벙어리장갑인 셈 치고 손에 끼워야 하나, 양말 한 짝을 만지작거리며 버스 의자에 앉아있는데 당사자는 조심한다고 하는 듯 보였지만 나에게까지 다 들리게 싸우는 소릴 들었다. 뒤에 앉은 남자는 통화 중이었다. 만나기로 한 여자가 기다리면서 미친 듯이 따지는 상황이었다. 남자는 애초부터 여자의 항의를 시원하게 받아주지 않았다. 일이 늦었는데 그럼 어떻게 하냐고 건조하게 말하는 것으로 보아 이 남자는 야근을 한 것이 확실하다. 딴짓하다 늦은 남자는 겉으론 야근했다고 할지언정 속으론 미안하기 때문에 눈치를 보기 마련이다. 실제로 야근을 한 남자만이 기다리는 여자를 향해 당당하게 자기주장을 펼 수 있는 것이다. 내가 야근까지 하고 지친 상태에서, 버스에 지금 사람도 많아 죽겠는데, 너까지 좋알거려? 조만간 남자의 평정심은 임계점에 다다르고, 데이트는 '파이트'로 시작될 것이다.

본인이 잘못한 게 없는데도 여자가 언짢아할 땐 무조건 미안해하도록 설계된 남자는 확률적으로 2퍼센트 정도 존재한다고 전해지나, 실제 사례는 보고된 바 없다. 내 생각은 이렇다. 버스를 들고 뛸 수도 없는 이상 일단 오고 있는 남자에게 지랄은 하지 말자. 어차피 만나면 눈길부터 곱게 안 나가고 전화로 못한 말이 또 튀어나올 텐데, 일단은 참자. '데이트 지랄'이란 한 번 해야 무서운 것이며, 계속 잔소리를 해대면 있던 미안함도 사라진다는 것을 여자들은 잊어선 안 된다. 물론 열이 뻗치니까 계속해서 죽어라고 긁어대는 그 심정을 모르는 건 아니지만, 서로의 분노 역치를 올려가다 보면 남는 건 지독한 '흑역사' 뿐이다.

나만 좋다고 쫓아다니는 남자의 애간장을 녹이려고 담뱃가게 아가씨처럼 콧방귀를 뿡뿡 뀔 수 있는 시대는 진즉에 끝났다고 본다. 짝사랑에 빠져 가슴앓이를 하고 비가 오나 눈이 오나 바람이 부나, 트로트 가사의 주인공처럼 한 여자만을 지고지순하게 바라보는 남자는 멸종했다. 토이가 노래한 〈좋은사람〉 같은 남자를 본 지가 언제인지 기억조차 나지 않는다. 이 시대의 남자들은 '내가 바람 피워도 너는 절대 피우지 마'라고 이야기한다. 좋아서 사귀는 와중에도 웬만하면 져주고 애가 좀 모자란 거 같아도 허허실실, 그래 우리 아가 예쁘구나, 하던 속 깊은 아버지 같은 너그러움은 다 퇴화되고 요즘 남자들의 두뇌 속에는 아닌 거 싫은 거, 맞는 거 틀린 거, 네 것은 네 것, 내 것은 내 것, 그러니까 그건 너의 취향 이건 나의 영역이 뚜렷하다. 너 나 별로니? 그럼 나도 너 별로. 쿨하게 말하고 돌아서는 요즘 남자들의 몸속에는 삼라만상의 인과관계를 꼭 집어줘야 직성이 풀리는 '깍쟁이 유전자'만 남아 있다. 그러니 오늘날에 이르러 남자가 군말 없이 여자가 시키는 대로 하는 건 딱 두 가지 경우다. '브래지어 풀러줘' '스타킹 벗겨줘'.

공덕시장 족발 골목에서 뜨끈한 구들장에 앉아 여기까지 듣던 K가 상 밑으로 뻗은 내 발을 만지작대다 말고 스타킹을 죽 잡아당겼다. "야! 아직 벗겨달라고 안했어!" K가 웃었다. "너, 그런 생각은 안 해봤니?" "무슨 생각." 서비스로 무한 리필되는 순대를 하나 집어 입에 넣으며 물었다. K는 소주잔을 들고 말을 이었다. "이제 더 이상 여자들이 그런 남자를 좋아하지 않아. 너 몇 날 며칠 너희 집 앞 놀이터에서 소주병 굴리며 한 번만 나와 달라고 전화하는 남자, 좋아?" "그건 스토커야." "주위에 구여친 못 잊는 남자들 보면 어때?" "구질구질해." "좋아하는 애한테 고백은 못하고 다 퍼주는 애는?" "호구네." K 말이 맞았다. 아무리 생각해도 발라드는 남자의 노래다. 그들만의 판타지다.

족발, 순대와
참이슬

시장 골목의 족발과 순대는 누구에게나 권할 만한 맛은 분명 아니지만,

특유의 꿈꿈한 돼지 냄새가 꽉 찬 복잡한 골목길 안에서

어느 집이든 들어가면 똑같은 맛을 내는 족발과 무한으로 퍼주는 순대를 늘어놓고

시끄러운 소음 속에서 차가운 소주를 마시는 정취는 아는 사람들만의 것이다.

예쁜 꽃이 활짝 피었는데 거기에 달콤한 꿀까지 줄줄 흘러내리니, 온갖 똥파리가 다 달라붙는다. 꽃에는 가시가 있어야 한다. 똥파리가 귀찮지만 사탕발림이 나쁘지는 않은 기분이라 굳이 내쫓지 않고 두다가는, 똥파리라도 없으면 외로워서 견디지 못하는 가련한 꽃이 되고 만다. 가련한 꽃은 자신의 예쁨을 끊임없이 의심한다. 그리고 가치 없는 똥파리들의 왱왱거림에 안심한다.

예쁜 사람은 평범한 삶을 살지 않는다. 어쩌면 예쁨으로 주목

받는 삶이란 대개 두 가지인지도 모른다. 우선은 스포트라이트를 즐기는 삶이다. 무대 뒤의 허무함은 차치하더라도, 화려한 조명과 군중의 환호를 먹고 살아간다. 그들의 예쁨은 권력이자 축복이다. 예쁨으로 인해 풍족한 사랑을 받고 그걸 다시 세상에 뿌린다. 떠올리기만 해도 행복한 존재다. 반대의 경우는 예쁘지만, 예쁨에 대한 평판에 연연하는 삶이다. 똑같은 스포트라이트와 환호에도 즐겁지가 않다. 내가 정말 예쁜지, 그래서 날 좋아하는지 끊임없이 확인해야 하고, 확인받은 후에 곧이어 불안해한다. 지금까지는 다행히도 예뻐왔지만, 앞으로 혹시 예쁨 받지 못하면 어떡하나 전전긍긍한다. 예쁨을 결정하는 주체가 내가 아닌, 나를 예뻐하는 타인에게 방점이 찍히는 것에서 불행은 시작된다.

주체적으로 살라는 말의 의미가 거기에 있다. 흔한 자기계발서식 충고가 아니라, 생을 즐기는 방법은 아주 작은 의사표현에서부터 출발한다는 사소한 진리 말이다. 연애의 예스와 노를 말하는 것, 섹스의 고와 스톱을 말하는 것. 이러한 결정들은 나의 삶을 후회 없게 만들고 행복하게 이어준다. 난 아니어도 너만 행복하다면, 난 싫지만 네가 괜찮다면, 이 모든 가정에서 출발하는 관계는 사랑이 아닌 것으로 판명나기 십상이다. 당신을 사랑하는 사람은 희생과 사랑을 혼동하지 않는다. 욕망을 절제하면서 희생을 기꺼이 감수하는 사람은 그리 좋은 상대가 아니다.

예쁨도 마찬가지다. 실제로 예쁘게 태어나는 것보다 중요한 것은 자신의 예쁜 구석을 찾아내어 스스로 공식화하는 것이다. 못생기고 추한 나의 단면을 억지로 예쁘고 아름답다고 최면 거는 것이 아니라, 내가 가진 면면들을 가만히 바라보고 그 안에서 예쁨을 발견하는 것, 그렇게 해서 예쁘다는 수식이 스스로 민망하거나 불안하지 않도록 해야 한다. 이 연애는 멈춰야겠다거나, 오늘은 너와 섹스를 하고 싶다는 말을 내 입으로 말하지 않으면 종국에는 끝도 없는 가정과 불확실의 소설을 써야만 하는 것과 똑같다. 예쁨도 그렇다. 내 스스로 예쁨의 자리를 선점할 때 타인의 평판, 혹은 계절에 따라 시들해지는 마음에 관계없이 온전한 나의 삶을 살 수 있게 된다.

홍콩 스파이시 크랩,
꽃빵과 이과두주

홍콩에 가서 먹고 마실 요량으로 삼십만 원을 환전해 갔는데, 첫 술상에서 십사만 원을 써버렸다.

처음 맛보는 홍콩 스파이시 크랩에 술이 끝도 없이 들어갔다. 이 요리가 어떤 이유로 홍콩식인지는

확인하지 못했지만, 매우 맛있는 것만은 확실하다! 기름진 이곳 요리를 실컷 먹은 뒤에 이과두주를

한 모금 삼키니 입 안에서 꽃이 피어나듯 향기가 났다.

헤어지는 연애로 연애하게 했던 이유

K를 처음 알게 된 건 PC통신 채팅방에서였다. 영화퀴즈방을 줄여 '영퀴방'이라고 부르던 시절, 나는 강의가 비는 시간이면 학교 전산실 구석에 자리를 잡고 '깔깔마녀' 같이 아무렇게나 지은 대화명으로 거의 24시간 열려있던 그곳에서 시간을 때우곤 했다. 초성퀴즈의 단골손님이었던 'ㅅㅅㅅㅅ'가 나왔을 때 누구보다 빨리 '식스센스'를 치기 위해 한컴타자연습 또한 게을리하지 않았다.

영퀴방에서 매번 다른 대화명으로 들어와 내 주의를 끌었던 남자애가 결국 같은 애였다는 걸 알게 되었을 때 우리는 일대 일 대화를 시작했다. K는 우리 집에서 지하철로 여섯 정거장 떨어진 곳에 살고 있었다. 대학에 갈 마음이 없었지만 아버지 때문에 재수생이자 자취생이 되었던 K는 양념통닭에 칠성사이다를, 영화 〈가위손〉과 〈오렌지로드〉를, 그리고 애니메이션 〈귀를 귀울이면〉의 OST를 좋아했다. 자취를 하니 제일 먹고 싶은 것이 과일이라는 말에 나는 K가 살고 있는 집 근처 지하철역 물품보관함에 포도 세 송이가 담긴 쇼핑백을 넣어두고 열쇠를 역사 매점 아주머니에게 맡긴 뒤 그에게 쪽지를 보내두었다. '학원 끝나고 ○○역 복권 가게에 들러서 17번 키를 찾을 것'.

며칠 뒤 우리는 서로에 대한 환상이나 기대감, 혹은 실망에 대한 두려움 따위의 총체적인 감정을 종식시키기 위해 실제로 만났다. 목소리도 모르고 채팅만 한 지 한 달 쯤 되는 날, K는 나를 PC방으로 데려가 왕정문이 부른 〈파이널판타지8〉의 주제곡 〈eyes on me〉를 들려주었고, 우리는 연애를 시작했다.

좋아하고, 오해하고, 싸우고, 화해하며 해를 몇 번쯤 넘기고 사귀었던 K는 유일하게 헤어진 뒤에도 가끔 만나는 사이였다. 나는 헤어진 남자와는 어떤 식으로든 다시 보고 싶지 않고 옛 남자와 친구가 되는 건 전부 '개소리'라고 여기는데, 이상하게 K하고는 그렇게 됐다. 서로 좋게 헤어져서? 그럴 리가. 헤어질 때의 모양새가 어느 정도 최악이었냐면, 우리 집 담벼락 밑에서 네 시간을 기다린 K에게 나는 술기운이 싹 달아날 정도로 세차게 따귀를 맞았다. 그러고도 자존심 다 버리고 매달려 그의 마음을 가까스로 되돌렸는데, 꼭 일주일 뒤 같이 자고 일어나 침대에 누운 채로 내 책상 앞에 앉아있던 K의 뒤통수를 보고는 헤어지자, 말해버렸다. K는 아무 말도 하지 않고 조용히 가방을 챙겨 나갔고, 그 후론 전화 한 통 걸지 않았다. 그리고 몇 달 뒤 그가 군대를 갔다고 친구가 알려주었다.

K가 일병 휴가를 나왔을 때 우리는 종로에서 술을 마셨다. 육미집 테이블 위에 빈 꼬치가 어지럽게 쌓여갔다. 소주를 네 병쯤 마시니까 K는 그때 왜 나한테 헤어지자고 그랬냐며 내게 따져 물었고, 여섯 병이 되자 같이 자자고 하는 그를 보니 나는 또 싸늘하게 식어서 그 애를 길에 버려두고 왔다.

그렇게 헤어진 뒤 다시 만난 건 병장 말년 때쯤이었다. 그날 이후 둘이서 연락하는 일은 거의 없었지만, 우리는 함께 엮인 친구와 셋이 일 년에 한두 번쯤 만나 술을 마셨다.

그렇게 지내다 어느 겨울, 나는 K를 이제 그만 봐야겠다는 생각을 했다. 나와 헤어진 이후로 만났던 세 명의 여자친구에 대한 이야기와 현재 진행형인 여자에 관한 이야기를 우리 셋은 아무렇지 않게 나누며 연애문제로 고민하는 K에게 우스갯말로 면박을 주기도, 사뭇 진지한 조언 따위를 건네기도 하며 편하게 지내왔는데 어느 순간 그 술자리가 엄청나게 이상하고 재미없게 느껴진 거다.

　사람은 잘 변하지 않으니까. K도 나도 서로에게 끌렸던 요소들과 바닥을 봤던 순간들을 고스란히 기억하고 있는데. 그때의 경험이 현재의 기억을 지배하고 있지 않다고 해도 여전히 너나 나나 그 면면들을 징그럽게 품고 사는데. 너의 그 고집, 나의 그 성질, 왜냐면 사람은 잘 안 변하니까, 물론 너와 나의 공소시효는 애초에 끝나서 그 어떤 불꽃도 다시 일어나지 않을 테지만. 그런데도 그걸 등장인물의 인칭과 시점을 바꾸어가며 십 년이나 두고 곱씹을 필요가 있을까?

　까칠한 줄 알았더니, 의외로 덤벙거리네. 무뚝뚝한 줄 알았더니, 은근히 다정한 면이 있어. 즉흥적으로 사는 줄 알았는데, 알고 보면 책임감 있는 타입이었나 봐. 이 남자 참 귀엽네, 말을 걸어 볼까? 이 여자 까르르 웃는 소리가 좋아, 말하면서 눈을 찡긋거리는 게 예뻐. 집중할 때 벌어지는 입술, 멍한 표정까지도 사랑스러워. 대화가 끊기지 않으면 그건 운명이라던데, 혹시 이 여자가?

모두들 그렇게 시작한다. 삐딱하게 볼 필요도 없이 그게 자연스러운 연애다. 다만 결국에는 그 남자의 까칠함과 덤벙댐, 무뚝뚝함이나 다정함, 그 어떤 것도 헤어짐의 이유가 될 수 있다는 것도 안다. 어느 순간 그 여자의 웃음소리, 눈짓 하나, 표정까지도 모두 짜증나고 싫어지겠지. 뭐 이런 새끼를 내가 좋다고 만났을까, 벽에다 머리를 찧을 때 잘 생각이 안 나지만 호감을 갖고 나를 연애하게 만들었던 이유들이 바로 헤어지게 만드는 이유가 된다는 걸, 우린 너무 잘 안다.

K와 마지막으로 육미집에 갔던 날 밤 어설픈 취기에 잠을 뒤척이며 영화 〈멋진 하루〉를 봤다. 마지막에 차를 돌려 세운 희수. 길바닥에서 오지랖을 펴고 있는 병운의 모습을 확인하지만 차에서 내리지는 않던 그녀 역시 알고 있었을 거다. 떼먹힌 돈이나 받을 심산으로 찾아간 옛 남자, 하루 종일 익숙한 서울 풍경을 붙어다니며 보니 도시는 기억도 함께 환기시킨다. 그러다 한없이 지질한 그를 왜 사랑했는지 기억해냈지만, 동시에 왜 헤어졌는지 또한

생각이 나고 만 것이다. 거기다가 불필요한 해프닝을 보태기보다는 하림이 노래했던 것처럼 그냥 이대로가 좋아, 이대로 흘러가, 하며 내버려 두는 것이 좋겠지. 그렇게 생각했기에 희수의 입가에 옅은 미소가 번졌던 건 아닌가 싶다. 어차피 이십만 원짜리 차용증은 냉장고 위에 잘 붙여두었으니 말이다. 물론 내가 좋아하는 건 홍상수 영화라서, 이왕 만나진 거 소주나 한 잔 하고 여관방으로 기어들어가 킥킥대고 붙어먹다가 다음날 아침 숙취로 깨질 듯한 머리와 함께 후회도 잔뜩 싸안고 어색하게 돌아 나오길 바랐지만. 사는 건 영화와는 다르니.

모듬꼬치와
참이슬

종로 육미집에서 모듬꼬치에 소주를 마신 날엔 두 발로 걸어 나온 기억이 거의 없다.

큰불이 나고 종로에서 을지로로 자리를 옮긴 뒤로는 한 번도 가보지 못했지만,

여전히 그곳엔 네 발로 비틀대는 사람들이 가득하겠지.

'사연팔이'는 횟집에서

담당 작가나 피디들이 들으면 놀랄 소리지만, 라디오나 텔레비전에 고민 상담을 해달라며 사연을 보내는 행위야말로 '구리다'는 생각을 한다. 직장 문제, 가족관계, 연애니 우정이니 하는 것들을 앞도 뒤도 모르는 생면부지의 사람들에게 떠들어대고 답을 구한다니, 나로서는 도저히 납득이 가지 않는다. 상품을 타기 위해서라는 실용주의적인 관점이 아니라면, 이유는 하나일 것이다. 그들은 답을 이미 알고 있지만, 누군가의 위로와 동의를 얻고 싶어 한다.

여기까진 이해하겠는데, 왜 생면부지의 사람에게 위로와 동의를 얻고 싶어 하는지를 이해하는 데엔 실패했다.

한 십 년 정도 여기 저기 글밥을 벌어먹고 살았더니만, 애인이나 가족 등의 관계에 대한 조언을 구해오는 사람들이 더러 있다. 내가 뭐라고, 무척 당황스러운 일이 아닐 수 없다. 나는 내 인생에 대해 이러쿵저러쿵 하는 것엔 소질이 조금 있는 듯하지만, 남의 인생에 대해선 전혀 아니다. 그래서 잘 모르는 이들에겐 정중함이 지나쳐서 다시는 나를 찾지 않을 정도의 거절을 하고, 좀 아는 사람들에겐 그냥 술이나 마시자고 한다. 귀찮아서가 절대 아니고, 그게 내 최선이다. 어렸을 때는 상대가 듣고 싶어 하는 말보다는 내가 하고 싶은 말을 하는 편이어서 절교도 많이 했지만, 수많은 절교를 통해 친구로 남는 법을 조금 터득했다. 그럼에도 여전히 사람들 사이에서 듣기 싫은 말을 잘하는 사람으로 분류된다는 걸 잘 알고 있기에, 아예 내가 들어서 열 받을 것 같은 이야기는 하지 말라고 부탁 아닌 부탁을 하기도 한다.

H는 그런 나를 뻔히 알면서도 내가 열 받을 만한 이야기를 가장 많이 한다. 나는 그를 사랑하기에, 자리를 박차는 대신 생간에 천엽을 먹으면서 소주 두 병을 비웠다. 주문한 회는 아직 나오지

도 않았는데 말이다. 어쨌든 소주 두 병은 마셔야 무슨 말이든 지껄이기가 편해진다. 언어의 불완전함은 언제나 나를 불안하게 만들기 때문에 기껏 털어놓은 서로의 본심에 속이 후련해지기는커녕 몇 날 며칠 그 순간을 되새김질하며, 보다 적절했을 이 단어 저 단어를 떠올리면서 시간을 잡아 죽이지 않으려면 소주가 필요하다는 말이다. 소주는 사람을 무책임하게 만드는 재주가 있다.

그러니 진심을 터놓기에는 형광등 조명이 쨍한 횟집만 한 장소가 없다. 푹신한 소파에 어둑어둑한 분위기의 조명은 자신을 꾸미고 허세를 부리게 한다. 불편한 플라스틱 의자에 허리를 세우고 앉아 얼룩덜룩 붉어지는 얼굴을 적나라하게 마주볼 때라야 우리는 서로의 진심에 다가갈 수 있다. 그리고 거기에는 생면부지의 라디오 디제이나 마녀사냥 엠시들은 모르는, 나와 내 앞에 앉은 사람의 사연이 있다. 이미 알고 있는 답의 확인 사살이나, 애써 외면하고 있던 답과의 정면 대결이 바로 거기에 있다.

그럼에도 불구하고 고작 이런 나에게 답을 구해오는 사람들이 있기에 이 말 한마디만 적어보려고 한다. 연애 문제, 결혼 문제, 직장 문제 등 모든 관계의 고민은 이렇게 시작된다. 매몰비용이 아까워서 기회비용을 날리고 있는 경우다. 가만히 듣다 보면 잘못은 이미 감지했고, 원인도 파악한 경우가 대부분이지만 왕년엔 좋은 시절이 있었다든지, 함께 온 세월이 얼마라든지, 청첩장도 돌린 마당에 어떻게 파혼을 하냐라든지, 이런 저런 핑계를 달아 상황의 전환이나 종료를 회피하는 것으로 그 관계를 점점 더 망치고 있다.

이상하면 멈춰라. 인생 안 끝난다. 지나 온 길이 아까워서 계속 엑셀을 밟고 있다간 목적지에서 점점 더 멀어진다. 다시 한 번 말하지만, 이상하면 멈춰라. 지도를 살피고 신호를 다시 받아도 절대 늦지 않는다. 그리고 한 가지 더, 가던 길을 멈추기에는 이직이나 결혼보다 연애가 쉽다.

방어회와
한라산 소주

겨울이면 제주에선 방어축제를 하겠지, 하는 생각부터 든다. 동네 횟집 벽에 붙은 색지 위에 매직펜 글

씨로 계절메뉴로 방어회가 적혀있다고 해서 진짜 방어 맛을 볼 수 있는 건 아니야. 그런 곳에서는 보통

삼 킬로그램 정도의 작은 방어를 내놓으니까. 대방어는 십 킬로그램이 넘고 마치 참치처럼 부위마다

각기 다른 식감과 색감, 맛을 낸다. 아, 침이 고인다.

김경미 와
전 혜 린

솔직하다 못해 노골적이라서 조금은
민망하지만 사실은 부럽기도 한 드
라마 속 연애 때문에 지금 내가 눈물을 찍어내고 있는 것은 뱅쇼
Vin Chaud를 만들어보겠다고 수선을 떨다 보기 좋게 망하고 남은
와인 반병을 다 비웠기 때문이기도 하지만, 지금 나오는 저 장면
이 내 철딱서니 없던 스물넷의 기억을 환기시켰기 때문이다. 그
사람의 이름은 흔했다. 가만히 소리 내어 발음해보았는데, 역시
흔한 이름이다. 십 년도 더 지난 지금에서야 아무도 없는 방안에

서 혼자 부르는 그 이름이 아무렇지 않은 건 내가 그 사람의 '비공식'이었기 때문일까.

그 사람이 함께 살던 여자와 결혼에 이르기까지 나는 적어도 열흘에 한 번씩은 그를 만나 반하고, 같이 자고, 너무나도 뻔한 유치한 얘기를 나눴다. 왜 근사한 결정적 계기 하나 없는 걸까, 아직도 그 이유를 모르겠지만, 나는 그냥 그렇게 생겨먹은 것 같다. 그가 좋았던 것은 그저 거의 모든 남자들이 내게 이제 늦었으니 술을 그만 마시자고 할 때 그 사람은 오케이 한 병 더, 그래 마시자, 너 아니면 내가 고꾸라질 때까지,라고 말해줬기 때문인가. 우리는 대학로와 신촌과 이대입구에서 술에 취해 팔짱을 낀 채 갈지자로 걸어서 노래방에 가고, 당구를 치고, 섹스를 했다. 그 즈음 김경미 시인의 「나는야 세컨드」를 중얼중얼 외우고 다녔지만, 실상 그때의 나는 전혀 쿨하지도 가볍지도 못했다는 것을, 내게 결혼 소식을 전한 며칠 뒤 술 취한 그가 전화를 걸어 꼬부라진 혀로 뭐라던가? 너는 왜 다른 여자들 같지 않니, 보고 싶어, 라든가 뭐 그런 주정을 했을 때 야멸차게 끊어버린 것을 마지막으로 이를 악 물고 그 번호를 지워버리고야 깨달았다.

그 후로 오랫동안 나는 연애도 진심 어린 데이트도 못하고 속

빈 쭉정이 같은 모습을 하고서 크리넥스 휴지처럼 한 장 한 장 뽑아 쓰고 버리는 껍데기 같은 관계만 이어가다, 그러다 문득 깨달았다. 내가 그 자식을 사랑했어. 나보다 세 살 쯤은 많았던 그 사람을, 한 번도 오빠라든가, 존댓말이라든가, 행여 만만해 보일까 당신이라 부르며 반말만 하고 센 척을 했는데.

그 때문에 한동안 연속극은 찍지 못하고 해프닝 같은 단막극만이 내 삶에 이어졌다. 그를 만날 때 정작 내 마음은 공기처럼 가벼웠다. 언제라도 우리 사이에 마침표를 찍을 수 있다고 생각하니 아무런 구속력 없는 만남이 가진 짜릿함에 취해, 그저 달콤했다. 헌데 막상 그 사람의 이마에 마침표를 콕 찍고 나니, 누굴 만나도 그 사람의 이마가 보였고, 그래서 분했다. 가진 적도 없는데 어째서 상실감이 드는가. 그럴 바엔 울어서 퉁퉁 부은 눈으로 내 어릴 때 사진이라도 한 장 찾아다가 뒷면에 짧은 편지라도 써서 쥐어줄 걸 그랬나. 정말 온 세상이 어색해질지라도 '저질러' 보았어야 했나.

사진첩을 뒤져 '흑역사'를 만드는 대신 나는 김경미의 시를 물리고 전혜린의 일기를 발췌했다. 거기엔 대낮이 부끄러운 사랑을 해서는 안 된다고 적혀 있었다. 다만 그녀의 일기가 내게로 와서 다르게 적힌 탓인지, 그 사람도 그저 추억이라면 추억이 되어버렸다. 그땐 그 이름을 생각만 해도 가슴이 찢어질 것 같아서 자기혐오가 들 정도로 싫었는데, 이제는 우연이라도 한번쯤 만나게 되면 환하게 웃으면서 안부 정도는 물을 수 있을 것 같다. 그 사람 덕분에 나는 솔직한 연애를 할 수 있게 되었기 때문이다. 적어도 내 마음을 속이고, 꾸미고, 조작하지 않기로. 그 솔직함이 누군가에게 날아가 생채기를 낼지라도, 솔직하게 미안해하기로 했다. 그러니까 이제는 이렇게 적어야겠지. 내가 너의 공식이든 비공식이든 아무 상관 없으려면, 대낮이 부끄럽지 않든지 대낮의 부끄러움을 애초에 몰라야 한다,고.

치즈케이크와
뱅쇼

달콤한 뱅쇼를 따뜻하게 데우고 짭짤하고 부드러운 치즈케이크 한 조각을 곁들이면

겨울잠을 잘 수 있을 만큼 든든한 기분이 든다. 쭉정이 같던 마음도 어느새 든든해지고.

서로운 게 서로운 거지

영화 〈어바웃 어 보이〉 OST를 듣고 있다. 이미 거의 바닥을 보이는 잭 다니엘을 딱 한 잔만 마시기로 했다. 이 영화가 생각난 이유는 불을 끄고 누웠는데도 잠이 안 오기에 본 영화 〈인 디 에어Up in the air〉 때문이다. 관계에 대한 정의 중 이보다 더 적당한 문장이 있을 수 있을까? '인간은 섬이다. 그러나 그 섬은 체인으로 연결되어 있다.'

〈어바웃 어 보이〉가 개봉했던 2002년은 내 연애 자기장에 새로운 패턴이 발견된 시기로 기억된다. 나는 중3 겨울방학이 끝나기 직전 남자친구를 처음 사귄 이후 2002년까지 총 다섯 명의 남자친구를 사귀었으며, 한 남자에서 다른 남자로 넘어가는 사이의 공백기가 삼 개월을 넘지 않았다. 나처럼 소름끼치게 예쁘지도 않지만, 그다지 까다로운 구석도 별로 없는 여자들은 평생 남자가 마를 날이 없는 법이다. 그래서 더러는 두 남자가 겹쳐지기도 했지만, 인터넷 게시판에 오르내려 신상이 밝혀지고 인민재판을 받는 상황을 만들지도 않았다. 다행이었다. 아무리 격의 없이 놀아도 나름대로의 도덕관념은 분명한 그런 여자였기 때문이다.

하지만 2002년은 달랐다. 애인 자리의 공석이 길어지자, 도덕관념 따위 지나가던 개나 물어가라고 던져버렸다. 동시에 여러 남자와 데이트할 수 있는 새 세상이 열린 것이다. 대학도 졸업했겠다, 취직도 했겠다, 내 명의로 된 신용카드를 손에 쥐니 갈 수 있는 곳도 많아지고, 그만큼 만날 수 있는 남자도 많아졌다. 포커페이스는 소질도 없고 노력도 안 하는 뻔뻔한 타입이라 처음부터 너 말고 다른 남자도 만난다 말했는데도, 의외로 남자들은 개의치 않아 했다. 남녀 공히 딱 한 명씩 정해놓고 고대 노예들이나 착용했던 반지 같은 걸 손가락에 끼워 '배신은 죽음'이라는 의미를 'FOEVER

LOVE' 따위의 영어로 새겨놓고 서로를 속박하던 후진 시대는, 그렇게 역사의 뒤안길로 사라져갔다. 바야흐로 쌍방향 커뮤니케이션의 시대를 지나, 다자간 네트워킹의 시대가 열린 것이다! 캐주얼한 관계의 달콤한 맛을 알아버린 나는 개화기 신여성처럼 들떠서 '하나는 쓸쓸하고 둘은 비교되니 셋이 적당해' 식의 '귀여니'적 시구를 싸이월드 다이어리에 작성해놓고 '포도알'을 타먹었다.

섬은 견고해지고 체인은 은밀하게 물밑으로 드리워졌다. 그 후로 한참 동안을, 나에게는 애인만 없을 뿐 애인 같은 남자와 애인은 아닌 남자들로 가득했다. 이쯤에서 교훈적인 마무리가 되려면 세월이 흘러 현재로 점프컷되면서 젊어 고생시킨 할멈의 주름진 손등을 쓸어내리며 백년해로를 다짐하는 촌로의 회고가 이어져야겠지만, 나는 여전히 쓰고 달고 맵고 짰던 총체적 연애감정이 고스란히 녹아있는 이 시기를 과거로 보낼 마음이 없다. 〈인 디 에어〉에서처럼 지난날 수 없이 썸머와 톰을 반복해 본 자만이 마지막에 가서도 비행시간표를 올려다보며 'so I stay up in the air'라고 노래 부르는 라이언 빙햄의 심정을 이해할 수 있듯이, 과거는 과거로만 소멸되지 않기 때문이다. 그것은 어쩔 수 없이 괴로운 것은 괴로운 탓이다. 인간은 섬이라는 명제는 그래서 여전히 유효하다.

콜라와
잭 다니엘

와인이든 칵테일이든 단맛부터 시작해 순수한 쓴맛으로 가며 술꾼이 된다.

그래도 스무 살 즈음 즐겨 마셨던 잭콕은 가끔 생각나.

2

감
정
발
화
酒

그는 두괄식 나는 미괄식

그 옛날에는 거지 난지도 같은 마음
에 싹이 트고 꽃도 피고 뿌리가 내려
서 재크의 콩나무처럼 구름을 뚫고 무럭무럭 자랄 줄 알았지, 먹
구름이 눈앞을 덮치고 빗줄기가 잎사귀를 찢고 거센 바람에 가지
가 흔들리고 꺾이고 뽑히고, 나무가 죽거나 베이는 건 상상해 본
적이 없다. 손가락이 부러질 것처럼 추운 날에는 제발 헤어지자
말하지 말았으면.

꽁무니에 빨간 불을 달고 벌레처럼 강변북로 위를 기는 차 안

에서, 전직 대통령의 목소리를 흉내 내는 두 남자가 줄창 틀어대는 트로트는 전부다 내 얘기다. 너보다 잘난 놈을 만나겠다거나, 나보다 잘난 년을 네가 어디 가서 만날 줄 아느냐거나. 내 사랑은 통속적이라 유행가 노랫말에 착착 감기는 싸구려 감성으로 콧물을 팽 풀어댄다.

그는 두괄식이고 나는 미괄식이다. 그의 입에서 첫 마디가 툭 떨어지면 나는 정신을 못 차리겠다. 그러다 뒤늦게 나 혼자 주어 섬기며 수습하는 양 굴다가 마지막에 가서는 점을 콕 찍는다. 점이 콕 찍힌 그는 깜짝 놀라지만, 신기하게도 그의 입에서 뱉은 첫 마디와 내가 찍은 점이 만나는 것 때문에 이러지도 저러지도 못한다. 그는 빌고 나는 벌써 다쳤고. 고양이와 개의 언어로 말하고 있는 남자와 여자의 귓구멍으로 롤러코스터가 부른 영원히 닿을 수 없는 〈평행선〉이 관통한다.

장생과 공길이가 장님놀이 하듯 같은 자리에 시간차를 두고 거쳐 가는 남자와 여자. 한 달에 한 번씩 어려운 강물을 건너는 상황에 놓이는 사람들. 나는 점점 다리가 아파오고 튼튼하게 밧줄을 꼬아 강물 위로 다리를 놓겠다던 투지는 점점 사그러들어 자꾸만 강물을 피해 숲 속으로 도망치고 싶다.

제주 전복, 고등어구이와
한라산 소주

권태를 극복하려고 제주도에 간 적이 있다. 막 쌀쌀해지기 시작한 계절이었다.

갯바위 위에서 아무렇게나 썰어주는 전복과 산낙지, 해삼 같은 안주로는 힘들었을 텐데,

한라산 소주는 순식간에 몸을 덥혀주었다. 식은 관계는 그보단 좀 더디게 덥혀졌지만.

광화문 안개꽃

원래의 계획은 그게 아니었다. 하지

만 결과적으론 원래대로 되어버렸

다. 이곳에선 언제나 기억을 잃을 때까지 술을 마셨다. 하지만 그

누구도 후회하지 않는다. "우린 맨날 왜 이럴까?"라고 말을 할 뿐

이지 다음부턴 이러지 말자, 절대로 말하지 않는다. 어쩌면 술김

에 그런 말을 했을 수도 있지만, 어차피 아무도 지키지 않았다.

하지만 이번엔 좀 다를 줄 알았다. 영화가 밤 열한 시에 끝나니

까, 술을 마실 겨를이 없을 거라고 생각했다. 시사회가 상영 한

시간 만에 중단이 되어서 저녁 아홉 시 반에 종로거리로 내몰릴 줄은 생각도 못한 것이다. 영화가 시작하고 한 시간쯤 흘렀을까, 장면이 거꾸로 되감기를 시작한 거다. 처음엔 무슨 영화적 장치라도 되는 줄 알았다. 오 분 정도 지나니까 사람들이 웅성대기 시작했고, 나는 조용히 밖으로 나가서 관계자를 찾았다. 정말 한국 사람들의 수동적인 자세는 큰일이야. 내가 안 갔으면 어쩔 뻔 했어? 영화 보던 중간에 첫 장면까지 되감기로 다시 보려고 했어? 그렇게 시사회는 중단되었다. 어쩔 수 없는 일이었다. 영화는 어이없게 중간에 잘렸지, 극장 관계자는 사과하지, 나가서 술이나 마시는 수밖에.

광화문 안개꽃은 벌써 수 년 전에 나보다 나이가 열 살은 많은 남자가 처음으로 데려갔다. 이후 그가 없어도 광화문에 갈 때면 종종 들르게 되었다. 나를 그곳에 처음으로 데려 간 M은 안개꽃의 단골이었는데, 나는 거기서 부에나비스타소셜클럽의 〈찬찬 chan chan〉을 처음 듣고 반해서 빈 맥주병으로 벽을 빙 두를 만큼이나 마셔버렸다. 그곳에서 낡은 벽지에 손그림자로 고양이도 만들고 나비도 만들며 술을 마셨다.

마담언니들은 그야말로 전형적이었다. 푸근하지만, 성격 있어

보이는 사십 대 미스들이었다. 보통은 일 층 바에 칙칙한 코트를 입은 사십 대 남자들이 구부정하게 주르륵 앉아 혀가 꼬일 때까지 술을 마시다가 나가는, 안개꽃은 그런 곳이었다. 나는 늘 이 층 테이블에 앉아 술을 마셨기에, 여기가 이삼십 대 '젊은 여자'들이 들어가 바에 앉으면 흐리멍덩한 눈빛을 하고 있던 사십 대 '아저씨'들이 동공에서 빛을 뿜으며 미묘한 공기를 발산하는 공간인지 전혀 몰랐다. 정말 깜짝 놀랐다.

대놓고 반말을 지껄이며 대화에 끼어드는 무례한 아저씨들이 등장하면 속에서 욱하고 올라오지만, 그런 건 마담언니들이 알아서 잘라주니까 안심하고 수줍음 많은 아저씨들이나 구경하면서 술이나 마시고, 노래나 따라불렀다. 레퍼토리는 늘 〈새드무비〉 아니면 신중현의 〈미인〉이지만, 안개꽃이 아니면 따로 찾아 들을 노래들이 아니었기에 그 후진 분위기가 언제나 반가웠다. 술을 많이 마신 날은 손톱 상태로 취기를 가늠할 수 있는데, 안개꽃에 다녀온 다음 날은 언제나 두 군데 정도 손톱 끝이 깨져있을 만큼 난 그 공간을 좋아했다. 그때의 광화문 뒷골목은 정말 재미있었다. 수줍은 아저씨와 괄괄한 아저씨와 점잖은 아저씨와 폼 잡던 아저씨들이 결국엔 구부정하던 어깨를 일으켜 아무렇게나 서서 춤을

쳤다.

그렇게 바에서 술을 마시며 노래하고 춤을 춘 날은, 다음날 늦게 일어나 핸드백을 탈탈 털면 명함이 후두둑 떨어졌다. 남자들이 왜 술집에서 처음 본 여자에게 술을 사주며 명함을 주는지 알 수 없다. 정말로 연락이 올 거라 기대하고 주는 건 아닐 테다. 한 달에 한 번쯤 가던 안개꽃을 다섯 번쯤 갔을 때 마담언니는 나에게 전화번호를 주었다. 나는 그 번호를 저장해두었지만 한 번도 전화를 걸지 않았다.

기본안주와
병맥주, 양주

이런 곳에서 파는 기본안주라는 것도 다른 곳에선 굳이 시키지 않는 것들이다.

하얀 오징어채나 대구포, 땅콩에 바나나칩이나 김과자 같은 것들. 그 공간에서만 맛있는 것들.

아무 날도 아닌 날

연애편지를 받고 싶다. 엄마 집 내
방 책장에는 자취방 책장에서 밀려
난 책들이 듬성듬성 꽂혀있고, 맨 아래 칸에는 커다란 레모나 박
스가 있다. 엄마를 보러 집에 가는 날보다 더 드물게 그 안에 추려
놓은 옛날옛날에 받은 편지들을 들춰본다. 그 박스 안에는 달달하
지도 않고 마냥 서툴고 촌스러운 1990년대 남자들이, 서류 전형
붙고 처음으로 면접 보러 온 스물 몇처럼 어색한 슈트차림에 살짝
비뚤어진 어깨와 상기된 얼굴을 하고서 편지 속에 들어앉아 있다.

중학생이거나 고등학생, 아니면 재수생이거나 대학생, 또 아니면 아저씨 아닌 군인 아저씨이던 그 남자들은 언젠가 될지도 모를, 훗날일지언정 술 사주고 더듬거리다가 여관 골목으로 들어가기 전에 여자의 마음부터 얻기 위해 제 마음을 내보이고 털어놓고 구애하며, 형이 듣던 유행가 가사와 누나 책장의 시집을 뒤적거리고 있다. 애틋하고 진지했던, 그래서 나 또한 함부로 대할 수 없던 그 마음들이 지금은 다 어디로 가고 주위에는 콤플렉스라곤 음경왜소 콤플렉스뿐인 남자들만 남아있나.

새벽 다섯 시 반, 잠이 저절로 깨어 어슴푸레 밝아진 천장에 대고 눈을 꿈뻑이다, 문득 답장 없는 이메일을 써대던 일들이 떠올라 조금씩 멀리 가야겠다는 마음을 먹어 본다.

깔루아밀크

달고 부드러운 술을 좋아하진 않지만, 잠이 오지 않을 때는 꽤 괜찮다.

그리고 깔루아밀크는 겨울에 더 괜찮다.

사람들은 즐겁다

오랜만에 온 문자였다. 반가울 겨를
도 없이 충격적인 소식들이 쏟아졌
다. 불과 이 년 전만 해도 전혀 낌새랄 것조차 없었는데, 소식이
뜸하다 끊긴 이 년 새 결혼해서 애가 둘이라는 B의 소식과 그 즈
음 대기업 들어간 줄 알았더니 어느 틈엔가 사표를 내고 기동력
좋게 파리까지 날아가 공부를 시작했다는 W의 소식, 그리고 그
소식을 전해준 친구 E도 큰 너울을 타고 바다 건너 미국으로 가
려 한다는.

문자를 주고받은 그날 오후, 루시드 폴의 〈사람들은 즐겁다〉가 계속 떠올랐다. 음정도 가사도 하나도 기억이 안 나는데, 마지막 노랫말 세 줄이 자꾸 맴돌았다. 마침 바쁜 일상 덕에 우울해질 정도는 아니었지만, 나는 궁금했다. 일본으로, 뉴욕으로, 남미로, 프랑스로. 사람들은 어떤 이유에서 떠나게 되는 걸까. 고루하고 팍팍한 삶이지만 나는 단 한 번도 여기 이곳, 서울을 떠나야겠다고, 떠날 거라고, 떠날 수 있을 거라고 생각하지 못했다. 이곳에서 태어나 하루하루 멀어지면서도 처음부터 바탕화면을 다시 까는 문제에 대해선 질문조차 하지 않았다.

그리고 그날 밤, 주황색 불빛만 휙휙 지나가는 캄캄한 자유로 위에서 라디오에서 흘러나오는 사연을 무심히 듣다 그 이유를 알았다. '평생을 지냈던 경주를 떠나 조만간 있을 임용고시를 앞두고 이곳 노량진 고시촌에서 왔습니다. 태어나 처음으로 혼자 일어나고 혼자 밥을 먹고 혼자 집을 나서 공부를 하고 혼자 돌아와 쉬는 삶을 시작했어요'로 시작되는 사연. 그 첫 문장을 듣고 나는 왈칵 울음에 시야가 번져 핸들을 꼭 잡은 두 손 너머를 눈에다 힘을 주고 바라보았다. 서울을 떠나 고작 경기도 어디쯤에 누워 자게 된 날로부터 한동안, 불면의 밤마다 형체 없는 시커먼 천장을 향해 눈을 껌뻑거리던 것은 거기가 내가 지내던 곳에서 멀리 떨어져서도, 낯설어서도 아니었다. 단지 떠나온 이유에 대해 납득하기 힘든 잠투정 같은 짓, 그뿐이었다.

고시촌의 작은 방에서 하루하루 선생이 될 거라는 희망을 키우며 편지를 썼을지 모를 사람에게 함부로 연민을 보낼 정도로 싸구려인 내 감성의 문제일 뿐, 내가 생각하는 것과는 정반대로 이방인이 되기를 자처하고 원하는 이들이 있다는 사실을 나만 몰랐던 것이다. 사람들은 즐겁고, 나만 몰랐던 것이다. 그러니 저마다의 궤적을 그린다는 사실만으로 비장해지지 말자. 그걸 깨닫느라 서른을 넘겼다.

나를 둘러싼 나를 제외한

모든 사람들은 즐겁다

사람들은 즐겁다

곰장어구이,
조개탕과 처음처럼

지금은 언제부턴가 생활 반경이 98퍼센트 홍대를 벗어나지 않지만,

예전엔 초보 술꾼들이 그러하듯 부지런히 돌아다니고 부지런히 마셨다.

신림동 순대타운은 여전할까. 부산집 곰장어도 그대로일까.

맛이 변했을까 봐 차마 가지를 못하겠다.

초
라
함

친구의 슬픔은 진심으로 내 마음을
아프게 한다. 그러나 친구의 기쁨에
는 어떤지 자신이 없다. 내 행복을 빼앗아가는 것도 아닌데, 기분
은 그렇지가 않을 때가 있기 때문이다. 상대적 박탈감이라는 얄궂
은 감정에 대해 생각해 본다. 그러고 보면 이러한 행동들이 이해
가지 않는 것도 아니다. 일요일마다 교회에 나가 하는 통성기도와
화장실 변기에 앉아 〈좋은생각〉에 밑줄 치며 읽는 행위, 혹은 그
때뿐인 걸 알면서도 찾아가는 템플스테이 같은 것들 말이다. 앞으

로는 '정신적 딸딸이'를 선택한 사람들을 더는 냉소하지 못할 것
같다.

너의 우주와 나의 우주가 다르다는 말을

얼마나 반복해야 할까,

얼마나 반복해야 파도가 잦아들까,

돈이 많은 너는 예쁜 너는 똑똑한 너는 어떤 나와 친구가 될 수
있을까,

될 수는 있을까.

일식 곱창볶음과
월계관 사케

초라한 술자리의 정석은 '포장마차에서 혼자 마시는 술'이라고 믿던 때가 있었다. 그래서 시도해봤지

만, 수도 없이 말을 걸어오는 취한 아저씨들 때문에 고독한 혼자만의 술자리 같은 건 불가능하다는 걸

곧 깨닫게 됐다. 그런 이유로 드라마에서 여자주인공이 혼자 포장마차에서 술을 마시면 곧이어 남자주

인공이 나타나는 거다.

물
고
기

망원역에서 집까지 걷는 거리 1.1킬
로미터 동안의 통화를 침대까지 끌
고 들어왔다. 두서없이 끄집어내는 속마음들이 침대 위에 어지러
이 쏟아졌다. 기껏 마신 소주 한 병 반이 전부 물이 되어서 눈으
로 쏟아져 내렸다. 내 멘탈은 바닥이다. 무게는 한 200파운드쯤
될 것 같다. 바닥에 딱 붙어 꼼짝을 안 한다. 화장을 지우지도 않
고 불 켜진 방에서 짐짝처럼 구겨진 채로 잠이 들었다. 아침 일곱
시 화장실 거울 앞에 서니 퉁퉁 부은 너구리 한 마리가 시커먼 눈

으로 나를 쳐다본다. 한심스럽게 서있다. 딱하다. 거의 다 헤어진 몸, 미처 다 헤어지지 못한 마음. 그러한 몸과 마음을 등에 지고 물고기처럼 헤엄치고 싶다. 그리운 것은 그리운 대로 멀어진 것은 멀어진 대로. 그렇게 점점 작아져 소실점이 되는 마음을 물끄러미 보면서 유유히 헤엄칠 수 있는 물고기는 물처럼 흐르는 세월을 거스르지 않고, 세월을 거스르겠다고 지느러미를 다치지 않고, 물에 몸을 맡기고, 흐르는 세월에 마음을 맡기고, 그렇게 흘러간다.

하지만 나는 물고기가 될 수 없겠지. 소리치겠지. 울겠지. 손을 뻗어 잡으려 하겠지. 세월의 유속을 부정하느라 지느러미를 다치겠지. 그러다 결국 어느 날에 내 지느러미도 찢어지고 나면, 더 강하고 튼튼하게 아물기를, 헤엄치기를 멈추지 않기를, 그리고 멀어지고 작아지는 물속의 모든 것을 두려워하지 않기를 바란다. 왜냐면 이것은 마음에 대한 이야기니까.

시메사바와
화요

반짝이는 푸른 등을 가진 고등어가 눈부신 은빛과 금빛, 그리고 푸른빛의 아름다움을 그대로 간직한

시메사바가 되려면, 소금과 식초의 예민한 조화로움 속에서만 가능하다. 메뉴에 있다면 일단은 시키고

볼 정도로 시메사바를 좋아하지만, 실망시키지 않는 곳을 만나기는 영 쉽지 않다.

살몬핑크 마가리타

장소는 서귀포시 보문동에 있는 'africa'라는 카페였다. 보문동은 무조건 성신여대라고 철썩 같이 믿고 살았는데 검색을 해보니 진짜로 서귀포시에 보문동이 있어서 놀라긴 했지만, 아무튼 인도를 여행 중인 H가 꿈속에서는 나와 제주도 여행 중이었다. 다른 곳은 안 되고, 반드시 그 카페에 가야 한다는 내 고집 때문에 렌터카를 몰아 도착한 카페 africa는 삼 층짜리 건물을 몽땅 쓰고 있었고 마치 파주의 프로방스 마을처럼 내 취향이 전혀, 아닌 분위기였다. 하지만 상관하지 않았다. 거기서 주문한 음료를 마시는 동안에는 하늘을 날 수 있다고 들었기 때문이다.

커피를 마실 줄 모르는 나는 생전 먹어 본 적 없는 마가리타를 주문했다. 실내가 좁긴 했지만 아늑했다. 3층 한가운데 놓인 널찍한 소파에 앉아 마가리타를 기다렸다. 커다란 체크무늬 패브릭을 씌워 놓은 유치한 디자인의 소파만큼이나 널찍한 잔에 담겨 나온 마가리타를 두 모금 마시고, 앉은 자리에서 고개를 들지 않아도 시원하게 보이는 창을 통해 하늘을 쳐다보았다. 사과 상자를 뜯어 리폼한 것 같은 그 창가에 활짝 열려져 있는 창문은 베란다라고 해도 손색이 없을 정도로 거대했다. 소파에서 몸을 일으켜 창 한가운데로 몸을 던지자, 어깨에 힘은 잔뜩 들어갔지만 어쨌든 날고 있었다.

나는 것은 힘들었다. 중간 중간 추락할 것 같아 무섭기도 했고, 그래서 더 높이 가고 싶은 마음과 두려운 마음이 뒤엉킨 모양새가 꼭 시골집 장닭이 지붕과 지붕 사이를 건너다니듯 시시한 비행에 그치고 말았지만, 그래도 날긴 날았다. 그리고 결국 보았다. 가장 높이 날았을 때 눈앞에 펼쳐진 바닐라 스카이, 저 멀리 연어의 살색으로 물든 구름에서 작은 물방울이 커튼처럼 내려오고 있었다.

지금도 생생한 그 구름, 그 빗방울. 꿈에서 깨어 한참이나 뻐근했던 어깨만큼이나 생생했던 그 하늘.

날기 위한 동력을 얻기 위해선 중간 중간 음료가 필요했다. 마가리타를 마시기 위해 다시 테이블로 돌아왔을 때, 서른한 살의 우디 앨런이 소파에 앉아 있었다. 그는 조근조근하고 빠른 어투의 한국말로 여자들이 단지 자기와 섹스를 하기 위해 자신의 영화의 팬인 양 접근을 한다고 말하던 중이었다. 그도 그럴 것이 꿈속에서 본 서른하나의 우디 앨런은 그다지 알려지지 않은 무명의 신인 감독이었다. 하지만 내 느낌은 그랬다. 분명 여자들의 그런 관심과 접근이 싫지만은 않으면서, 어떻게 저렇게 단호하게, 단호하다 못해 억울하게 들릴 정도로, 그래서 나까지 깜빡 속을 정도로 말을 하는 걸까? 섹스도 좋지만 내 영화도 좋아해 줘, 그렇다고 섹스를 포기할 순 없지만 내가 섹스나 하려고 영화를 만드는 것처럼 보이는 건 어쩐지 멋쩍은 기분이라고. 뭐, 그런?

나는 서른한 살의 무명 감독 우디 앨런에게 말했다. "본인이 섹스머신쯤 된다고 생각하시나 봐요?" "네? 뭐라고요?" "그러니까 여자들이 섹스를 하려고 접근한다면서요, 섹스를 얼마나 잘하면, 아니 얼마나 섹스에 자신이 있으면 그런 생각을 하실까 해서."

"아니 그러니까 그게 말이죠," 나는 우디 앨런의 말이 다 끝나기도 전에 창밖으로 날아가 버렸다.

화이타와
마가리타

연어의 살빛으로 물드는 하늘을 나는 기분은 아무리 꿈이라고 해도

영원히 잊고 싶지 않은 황홀한 것이었다.

종종 하늘을 나는 꿈을 꾸지만, 그런 하늘을 다시 보여주진 않았다.

조
로
하
는 　기
　　분

1998년에 스무 살이 되었다. 친구의
유니텔 아이디로 접속해 시간가는
줄 모르다 집에 전화가 안 온다며 엄마에게 혼났다. 마흔을 향
해가는 내가 서른 저 아래 사람들과 무엇이 다를까 생각해보면
88올림픽도 아니고 IMF도 아니고 삐삐도 아니고, 다 아니다. 나
는 열아홉 때까지 오프라인 세상에서만 살았다. 지금 같은 세상이
상상이나 되는가. 날 때부터 인터넷이 있다는 것이 말이다. 그 애
들은 그런 애들이다. 요즘도 손편지를 쓰는지 모르겠지만, 빨간

색 공중전화 박스 앞에서 동전을 만지작대며 한참을 기다리다 전화 걸었는데, 그 애 엄마가 받으면 심장이 쿵 하고 내려앉아 끊어버리곤 했던 장면은 이제 볼 수 없다. 플로피디스크에 한글97로 작성한 리포트를 몇 개만 넣어도 꽉 차던 때를 그 애들이 상상하지 못하듯이, 그 세대와 나 사이엔 종이와 모니터 혹은 연필과 키보드 아니면 AFKN과 유튜브 만큼의 거리가 있는지도 모른다. 온라인이 없던 유년기가 원시림은 아니었지만, 그때의 정서가 그리울수록 이것이 혹여 조로하는 기분은 아닌지 초초할 때가 있다.

고르곤졸라 피자와
에딩거

이유는 알 수 없지만, 이때쯤 수입병맥주가 인기였다.

커피숍에 가도 버드와이저나 코로나 같은 병맥주를 시켜놓고 포켓볼을 치고 그랬다.

지금 생각하니 하나도 안, 멋있어.

기묘한 오후의 한강

금요일 밤에 술을 엄청 마셨다. 방어 회를 안주 삼아. 하지만 방어회로 모자라 도미회에 산낙지까지 먹었다. 이 주 동안 쉬지도 못하고 놀지도 못하고 한 가지 일을 붙들고 있느라 스트레스가 엄청났기 때문에 나는 술이 정말 필요했다. 대신 주말엔 운동을 해야겠다고 마음먹었다. 자전거도 산책도 등산도 아무 것도 하지 못하는 동안 마음의 스트레스가 몸의 스트레스로 쌓였던 참에, 마침 해도 없이 바람만 선선한 일요일 대낮이 오자 자전거를 타고 힘차게 달렸다.

그런데. 네 살 때부터 자전거를 탔는데 처음으로 길 위로 자빠졌다. 심지어 접촉 사고였다. 생각해보니 국민학교 때 한 번 이렇게 날아간 적이 있긴 하다. 골목길에서 두 손을 놓고 까불거리며 쌩쌩 달리다가 옆 골목에서 나오는 트럭을 보질 못해 피하려고 순식간에 핸들을 잡아 트는 순간 마치 아톰처럼 차렷 자세로 하늘을 날았다. 그리곤 바닥에 슬라이딩. 지퍼가 달린 트레이닝 재킷을 입고 있었는데 그때 복장이 너무 또렷하게 기억이 나는 건, 턱 밑의 찰과상과 함께 한동안 젖가슴 사이에 지퍼 모양으로 찢어진 흉터를 달고 있었기 때문이다. 그날의 교훈으로 나는 정말 자전거를 조심조심 타게 되었다. 핸들도 꼭 붙들고 속도도 안내서 수십 년간 무사고를 자랑했는데, 무슨 재수였던지 마포대교를 타고 여의도로 가려는 순간 뒤에서 오던 아가씨의 자전거에 들이받히고 만 것이다.

그렇다. 아가씨 두 명과 자전거 두 대가 단체로 한강 자전거도로 위에 자빠진 것이다. 대체 어디서 튀어나온 거지? 난 아팠고, 아픈 것 보다는 놀랐고, 그래서 내 몸에 피가 흐르는 것도 의식하지 못한 채 후들거리는 무릎으로 자전거를 일으켜 세웠다. 길가에 자전거를 대놓고 한동안 쪼그리고 앉아서 정신을 차리지 못했는데 스타킹에 주먹만 한 구멍이 나서 무릎 위로 피가 뭉근하게 올라오고 있었다. 아, 너무 창피해서 눈물이 다 날 것 같았는데, 그 아가씨도 나만큼의 찰과상을 안은 채 나더러, 괜찮으세요? 하더니 절룩거리면서 자전거를 끌고 사라졌다. 나도 부주의했고, 그 아가씨도 날 너무 쫓아왔고. 쌍방과실일 테지만, 너무 희한하게도 대체 그 아가씨는 어디 있었던 걸까. 반대편에서 오던 아저씨가 놀라 멈춰 서서 한참을 보다가 그 아가씨가 가고 나서 하는 말이 내 뒤로 바짝 붙어 오기에 일행인 줄 알았다고 한다. 엄청 재주 좋게 내 등 뒤 사각지대에서 바싹 붙어왔던가 보다. 솔직히 지금 와서 말이지만, 너무 놀라서 애처럼 울고 싶었다. 아마 사람들이 모여들지 않았다면 엉엉 울었을지도 모르는데 보는 눈들이 많아서 차마 울지는 못하고, 어른이니까 꾹꾹 참으면서 여전히 후들거리는 무릎과 반쯤 나간 정신으로 꾸역꾸역 다리를 건너 기어이 여의도 고수부지까지 갔다. 장하다, 정말. 어른이야, 어른.

페달을 밟을수록 무릎에 난 스타킹 구멍은 점점 더 커졌고 나는 '패션왕'에 나가지 않으면, 안 될 복장이 되어버렸다. 고수부지 화장실에 들어가 짜증스럽게 스타킹을 벗어 던지고 새로 사 신으려 편의점에 들렀지만 촌스럽게 커피색 1호밖에 없었다. 검정

스타킹을 갖다 놓으란 말야, '검스'를. 장사를 하려면 사람들이 뭘 신고 먹는지 보란 말야. 애꿎은 캔맥주만 하나 사다가 단번에 목구멍에 털어 넣고 빈 캔을 콱 구겨버렸다.

맨다리에 반바지로 집에 돌아오려니, 마치 빤쓰만 입고 자전거를 타는 것처럼 부끄러운 기분이 들었다. 스타킹. 난 스타킹이 없으면 힘을 못 쓰는데. 그렇게 방전 직전의 빨갛고 얇은 한 줄짜리 배터리 상태로 간신히 집에 돌아와 한동안 씻지도 않고 고대로 누워서 천장만 바라봤다. 기가 다 빠져나가니 그제야 몸이 쑤셨고, 무엇보다 졸렸다. 가만히 누워 눈을 감았다. 눈꺼풀 밑에서 눈알이 뱅글뱅글 돌았다. 아까 한강에서 본 수많은 사람들이 떠올라 기괴한 기분이 들었다. 가족들, 연인들, 나이가 지긋한 노부부, 어린 아기를 태운 유모차를 밀던 젊은 부부, 시끄러운 여중생들, 더 시끄러운 초등학생 남자애들. 어떻게 모두 다 하나같이 즐거운 표정들일까? 나는 울고 싶었는데.

연을 날리든, 자전거를 타든, 호수에서 물장난을 치든, 사진을 찍든, 돗자리에 엎드려 야구를 보든, 그 옆에 앉아 기타를 치든 간에 모두 짠 듯이 즐겁고 행복한 얼굴들이었다. 말도 안 돼. 이건 현실이 아니거나 내가 가짜겠구나. 이쯤에서 물살을 가르며 거대 골뱅이같이 생긴 괴물이라도 하나 튀어 나와라.

불행히도 괴물은 나오지 않았다. 나오라는 괴물은 안 나오고 말도 안 되게 평화로워 보이는, 그래서 어딘가 기묘한 일요일이 그렇게 갔다.

마늘치킨과
생맥주

한강에 있으면 치킨집과 중국집, 이따금 보쌈이나 족발집 전단지를

한가로운 사람들의 손에 쥐어주는 아저씨들을 만날 수 있다.

그러나 나처럼 혼자 앉아 캔맥주를 마시는 사람 곁은 그냥 지나쳐간다.

역시 한강에서 혼자 즐겁지 않은 사람은 투명인간이야.

도
시
의
눈

밤 열 시, 인적 없는 신촌역 앞에는
진즉부터 내려앉은 눈이 은회색으로
얼어붙었다. 그 위를 종종거리며 가던 걸음을 되돌려 버스정류장
으로 향했다. 손바닥 날로 김서린 창문을 훔치며 기약 없이 눈 내
리는 서울을 부유하리라 마음먹은 것은 순전히 내일 아침 얼어붙
은 출근길을 걱정하지 않아도 되기 때문이었다. 집 앞에 떨궈진
나는 그 앞에 설 때면 어김없이 마음이 숭숭 대는 횡단보도 끝에
매달려 오뎅탕에 소주를 마셨으면, 생각했다. 저 건너엔 성당이

하나 있고. 그 앞엔 혼자 슬그머니 스며들어도 어색하지 않은 일본식 주점이 있다. 때마침 올해를 다독이는 문자메시지가 주머니 속에서 기척을 보내왔고, 이렇게 또 한 살을 먹는구나, 하얗게 입김을 뿜으며 구두코를 내려다본다.

연말이면 형식적이긴 해도 마음 씀씀이가 고마운 인사를 챙기는 이들이 있다. 나는 별로 그런 사람이 못되지만, 그런 사람들의 문자를 받으면 쑥스러움에 장문의 답장을 쓰다 지우다를 반복하며, 속으로는 앞으로 나도 이들처럼 다른 사람을 살뜰히 챙기며 살아야지, 한다. 그리고 또 다음 문자가 올 때까지 잊고 마는 것이다. 어쨌거나 그 문자가 아니었다면, 내 나이 먹음을 눈치채지 못했을 것이다. 과연 앞날에 대한 불안함이 사라지는 시기는 언제일까.

기형도는 전쟁처럼 눈이 내리는 도시의 가로등 아래 모여 눈을 터는 사람들을 보며 어디로 가서 내 나이를 털어야 하나 고민했는데, 스무 살엔 서른에 대해 고민하지 않았고, 서른이 되니 정작 마흔을 바라는 내 자신에 자괴가 든다.

오뎅탕과
좋은데이 쇼주

사실 오뎅탕은 형편없이 만들기도 쉽지 않지만, 정말 잘하는 집을 만나기도 어렵다.

스지와 곤약이 특별하다는 부산까지 내려가 오뎅탕을 찾아 헤매보았지만, 완벽하진 않았다.

언젠가 운명의 오뎅탕을 만나고 싶다.

사랑초가 속아서 피던 방

술을 갑자기 끊는 것은 내게 좀 무리인 것 같아서, 금주를 공공연하게 선포해 놓고 나름대로 불가피하다고 느끼는 술자리들을 몇 개만 선택했다. 그렇지만 이제는 완전히 끊어보리라. 그리고는 완연한 봄이 오면 주로 산이나 강가 같은 곳에 출몰하겠노라, 마음먹었다. 캔맥주 한두 개쯤은 음주로 치지도 않던 스스로에 대한 너그러움도 철회하겠다. 물론 지켜지지 않을 확률이 높다는 것, 이래놓곤 한 달에 한번은 반드시 만취할 것이라고 모두가 예상하겠지만, 나이 서른이 넘고 나서 처음으로 이런 마음을 먹었다는 것에 큰 의의를 두기로 했다. 숙취의 괴로움을 잘 모르는 사람이라 반성과 수정이 없는 안일한 삶을 산 것은 맞지만, 이게 육체가 아닌 정신으로 오고 나니 일시 정지 버튼을 누를 마음이 비로소 생긴 것이다. 만취한 다음 날이면 무기력증에 빠져 하루 종일 멍하게 누워, 나와는 아무런 상관도 없는 유행가 가사에 이유 없이 눈물을 줄줄 흘리니, 도리가 없다. 다음날 하루는 그냥 버리는 셈 치고 일단 마시고 볼 정도로 눈앞의 술을 없애기에 신나하며 살아왔건만, 술 마신 다음날이 아무렇지 않은 시절은 다 갔다고 생각하니 퇴물이 된 여배우의 느낌이 이랬을까, 조금 쓸쓸하고 비장해진다.

대외적인 이유는 이렇고, 좀 더 사실에 가까운 사연은 이렇다. 직장을 그만둔 지 벌써 사 개월이라는 생각에 덜컥 또 조급증이 온 것이다. 도대체 무엇이 두려워서 이 네모난 방에 갇혀 시름하고 있는지 알 수가 없다. 겨울이었으니까? 그렇다면 이제 봄이다. 어차피 돈이 있을 땐 시산이 없고 시간이 있으면 돈이 없다는 진리는 변하지 않는다. 그렇다면 빈 주머니로, 운동화만 있으면 닿을 수 있는 곳까지 가보고 싶다. 유치원 때부터 서른 살까지 단 한 번도 조직에 속하지 않은 적이 없었고, 그것이 학교든 직장이든 항상 적응을 잘하는 쪽에 서서 때때로 주목받는 편에 속했다. 그런데 그 모든 소속이 일순간 지겨워질 수 있는 걸까. 먼저 다가가 말 걸기에 주저함이 없는 친화력 하나로 관계들을 흡수하며 살아왔다고 믿었는데, 이제는 타인이 내게 말을 거는 것 자체가 거추장스러워 음악을 듣지 않으면서도 이어폰을 꽂은 채로 있다. 사춘기에는 항상 관계 때문에 고민했는데, 이제는 나 자신 때문에 마음이 어지럽다. 가장 큰 문제는 '내가 왜 이러는가' 혹은 '이게 나일까'하는 생각이 자꾸만 나를 방해하고 의기소침하게 만든다는 것이다. 열일곱도 아닌데 정체성에 대한 고민을 하려니 멋쩍고, 부끄럽다.

이 부끄러움을 이기기 위해 내가 남처럼 어색한 순간마다 하루에도 몇 번씩 다짐을 하기로 했다. 나를 이루는 면면들 중 어떤 것은 공룡처럼 멸종하고, 또 어떤 것은 진화하는 거라고. 번거롭지만 그렇지 않으면 해결이 안 된다. 마음은 먹었으되 실천은 쉽지 않았다. 직장에 다시 들어가지 않고 어떻게 프리랜스가 되어 볼 생각을 하느냐는 말끝에 '하긴 신입으로 들어가기엔 나이가 애매하겠군', 무심코 덧붙이는 사람들 앞에서 이것이 조언인지 간섭인지 악담인지를 구분할 겨를도 없이 걷잡을 수 없는 걱정에 휩싸이곤 한다. 네가 아무리 회사에 들어가고 싶지 않다고 떠들어봤자 어차피 너를 뽑아줄 리가 없다는 얘기인가? 나를 위하는 것 같지만 듣다 보면 자신을 위할 뿐인 보험회사 직원 같은 사람들의 말에 괘념치 말아야 한다. 당장 코앞에 버티고 선 고민들부터 해결하지 않으면, 먼 미래의 걱정도 소용이 없다는 것을 잊지 말자. 당장의 구직활동과 당장의 월세와 당장의 공과금을 선결하지 않으면, 나는 장차 무엇이 될까 하는 미래의 고민은 아무 의미가 없나. 그러니 주문처럼 외운다. 닥치면 견뎌지리라.

이러한 나의 근황을 핑계로 P를 만나 양꼬치에 소주를 세 병이나 비웠다. 노래방에서는 커다란 하이네켄 캔맥주를 마셨고, P의 것까지 빼앗아 마시고, 그것도 모자라 P의 집까지 흘러가서 알 수 없는 흑백영화를 틀어놓고 뚱뚱한 맥주큐팩을 두 갠가, 아무튼 마지막은 기억도 못하게 술이 '꼴아서' 왜 우린 항상 술에 '꼬는' 건지에 대해 얘기했다. 자주 만나지 않아서 그러는 걸까 싶다가도, 그렇디면 자주 만나 자주 '꼴게' 되면 곤란하다는 걱정을 했다.

미처 다 파래지지도 않은 새벽, P의 방 창가에 모가지를 내놓고 바람에 머리를 헹궜더니 목련꽃 봉우리가 곧장 필 기세로 나를

117

올려다보고 있었다. 했던 얘기 또 하고 또 해도 별 상관이 없고, 술을 마시다 말고 한 명은 책을 보고 한 명은 그림을 그려도 아무렇지 않은데, 다음날 노트를 펴보고 도저히 알아볼 수 없는 내 글씨는 좀 곤란했다. 그런데 P가 이 어두운 술집 같은 집을 떠난다고 하니 섭섭하다. 새벽 두 시에 켜놓은 스탠드 불빛에 속아 사랑초가 잠들지 않고 피어 있는 그 방에 더 이상 올 수가 없다니. 조만간 목련꽃은 미친년 속옷처럼 벌어져서 거침없는 기세로 후둑후둑 떨어질 텐데, 더 이상 이 창문에 목을 내놓고 머리를 헹굴 수 없다니. 아예 먼 골목으로 가버린다고 하니 어쩔 수가 없다.

나에게는 정해진 것 하나 없는 매일 매일이 있고, 무엇이든 내가 원하면 언제든 시작하고 언제든 그만둘 수 있다. 불안하고 자유롭다. 서른부터 'greed' 없는 삶이다. 내가 원하는 것을 채워 넣는다면 천국이겠지만, 그 반대라면 지옥이 될 거라는 것을 알았기 때문이다.

양꼬치와
칭다오 맥주

성수동에 가면 양꼬치집이 즐비한 골목이 있고 그곳에선 특유의 냄새가 난다. 특유의 분위기가 아니

라, 냄새라고 표현하고 싶은 그런 골목이 있다. 거기서 화교아저씨에게 양꼬치 굽는 방법을 배웠다. 꼬

치 네댓 개를 한 손에 쥐고, 이리저리 탁탁 치면서 돌려가며 굽는 것이다. 그러면 육즙이 빠져나가지

않는다고 했던가. 사실 잘 기억나지 않는다.

모
난
돌

가끔은 공부를 좀 하다 체한 애들보
다 아예 무식한 애들이 낫다는 생각
을 한다. 적어도 '척'을 안 하기 때문이다. 내가 아는 게 무엇이고
모르는 건 무엇인지를 알며, 더 나아가 내가 아는 것이 전부가 아
니라는 것을 인지하는 것은 무척 중요한 일이다. 이것은 우리가
직장인이든 프리랜스든, 운동선수든 예술가이든, 자영업자든 건
물주이든 간에 전혀 상관없이 적용되는 문제다. 아는 것을 안다고
하고 모르는 것을 모른다고 하는 것, 괜히 알지도 못하면서 아는

척 하지 아니하는 것, 그것이야 말로 진짜 앎이다.

"그거 공자가 한 말이잖아." R이 말했다. "뭐? 공자가 그랬어?" 나는 잠시 과거로 돌아가 학창시절 한문시간을 떠올려보려고 했지만 잘 되지 않았다. "그럼 공자가 짱이네." 걸쭉해진 닭도리탕 국물을 숟갈로 뜨며 나는 공자를 인정하는 것으로 앎을 실천했다. 처음부터 공자 이야기를 하려던 건 아니었다. 아까부터 건너편 테이블에 앉은 남자가 내 신경을 건드렸기 때문이다. 그는 앞에 앉은 여자 둘에게 근본 없는 지식자랑에 여념이 없었다. "너희들 리트리버가 왜 리트리버인지 아니? 사람을 잘 따르고 명령을 잘 들어서 리트리버야."

'아냐, 틀려. 리트리버는 사냥꾼이 잡은 오리를 물어서 운반하는 역할을 했기 때문에 리트리버라고!' 불행히도 내 마음 속 외침이 그에게 들릴 리 없었고, 앎이 많이 모자란지 여자 둘은 시종일관 고개를 끄덕이고만 있었다. 앎이 모자란 것도 모자라, 앎이 모자라다는 사실조차 모르는 남자는 계속해서 떠들었다. 남북 핵문제야 동성애 문제까시, 사회 현안에 대해 놀라울 정도로 틀린 정보만을 쏟아냈다. R과 내가 닭도리탕에 밥 한 공기를 비비도록 그는 '무식 자랑'을 멈추지 않았고, 그 마지막은 도저히 참을 수 없는 수준이었다. "너희들 남자는 왜 가슴 큰 여자를 좋아하는지 아니? 그건 남자는 자신이 갖지 못하는 것, 가질 수 없는 것에 끌리기 때문이야." 이 네이버 지식인 같은 새끼. 나는 공자가 아니라서 공부 좀 하다 체한 애들이나 무식한 애들이나 똑같이 쓸모없다고 욕을 해댔다.

R이 웃었다. 내가 누군가를 욕할 때마다 R은 웃는데, 내 욕이 웃겨서 웃는 건지 하루에 한 번 이상은 누군가를 욕하는 내가 웃겨서 웃는 건지 확인해보진 않았다. 어느 쪽이어도 별 수 없다. 사람은 나이를 먹고 경험이 쌓임에 따라 어느 정도는 변하지만, 완전히 변하지는 않기 때문이다. 장마철 덕유산 계곡에 고립되었다가 이틀 만에 구조되었거나, 암 말기에서 기적적으로 살아난 사람은 예외일 수도 있겠지만, 대부분의 우리 삶은 변함없이 이어진다. 더러는 완전히 변한 듯한 사람도 보았지만 그들에게는 보편적이지 않은 인생의 어떤 시점이 반드시 존재했다. 나는 아니다. 언제나 싫은 것을 찾아내는 데 망설이지 않았고, 적절하게 욕하는 것을 게을리하지 않았다.

가끔은 모나고 까칠한 성격을 조금은 둥글고 무디게 만들고 싶기도 했다. 살다 보니 호불호가 확실한 것을 상당수의 사람들이

불편해했기 때문이다. 그러나 여전히 의문이 남는다. 결국엔 무례하지 않으면 될 일 아닌가? 모난 돌에 정 맞는다고들 하지만, 내 생각은 조금 다르다. 가파르고 험한 길을 만나게 되면 누구든 모난 돌에 발 디딘다.

닭도리탕과
참이슬

식사를 하지 않고 시작되는 술자리라면 닭갈비와 닭도리탕 사이에서 언제나 고민한다.

그래도 걸쭉한 국물이 있는 닭도리탕이 우선이지, 마지막에 밥을 볶는 것은 필수다.

닭도리탕은 닭볶음탕의 잘못된 표현이라고 끊임없이 지적당하지만, 일부러 못 들은 척, 고치지 않고 있다.

3

일
상
편
린
酒

나는 어떻게 비키니라인 제모를 망쳤나

그것은 어느 날 문득 일어난 일이다.

어느 날 문득, 긴 머리를 자르고 싶어 예약 없이도 가능한 미장원을 찾아 헤매듯이, 무슨 옷이라도 사고 싶어 백화점을 돌고 돌듯이 말이다. 검증되지 않은 헤어디자이너에 대한 불안감이나, 사고 싶은 옷이 원피스인지 숏팬츠인지 모를 모호함 따윈 단숨에 제압해버리는 강한 욕구. '음모'를 없애고 싶다. 그렇게 문득 찾아온 것이다.

나는 무모증이 아니다. 그렇다, 나는 털이 있다. 지금은 많이 뽑혀 없어졌지만 한때는 한 손에 버겁게 잡힐 정도의 탐스러운 검은 머리숱을 지녔고, 밀지 않은 자연스러운 눈썹 그대로를 내놓고 다니기에 한 번도 아이브로우를 사용해 본 적 없다. 한마디로, 내추럴 본 뷰티는 아니지만 내추럴 본 우먼인 것이다. 마음 같아선 겨드랑이 털도 밀고 싶지 않지만, 겨드랑이 털이 '익스큐즈'되는 건 동서양을 막론하고 탕웨이 하나뿐이니 어쩔 수 없이 매일 매일 팔을 들어 면도를 하여 겨드랑이에 키스하는 걸 좋아하는 남자의 취향을 배려하는 사려 깊은 여성. 그게 바로 나다. 허름한 지방 버스터미널역 화장실 나무 문짝에 "무모증 여성 고민 해결"이라는 스티커를 볼 때마다 내 것 좀 나눠주면 싶네, 하는 깊은 계곡의 검은 숲을 가진 여성. 그게 바로 나다.

사람은 저마다 생긴 게 다르고 태어난 대로 살아야 한다고 여기는, 너도 예쁘고 나도 예쁘다는 황희정승적인 심미관을 가진 내가, 어느 날 갑자기 불도저로 두물머리를 밀어버리듯 거기 털을 싹 다 밀어버리고 싶은 생각을 한 건 왜일까? 앞서 말했듯이 그건 그냥 아무 이유 없이 어느 날 갑자기 일어난 일이다. 백수 세상을 누리면서 젊은 날 '빽보지' 한번 해봐야하지 않겠나, 싶은 경험주의적 관점에서. 그리고 결국 한 가지 깨달음을 얻었다. 인간은 우발적으로 인생을 살아선 안 된다는 것을 말이다.

비키니라인 제모에 대해 검색을 해보면 누구나 쉽게 전문 업체 정보를 찾을 수 있다. 이 나이에 전문가 앞에서 다리 벌리는 것을 내외하느라 찾아가질 못하는 건 아니고, 다만 그 비용이 우발적으로 쓰기에는 상당히 부담스러웠고 한 번에 해결이 나는 과정도 아니었다. 그리고 여기, 코리아는 인터넷 강국 아닌가! 게다가 제모 테이프니 왁스니 다양한 아이템이 넘쳐나는 DIY 시대! 자기 손으로 가구도 만들고, 보지도 민다! 두 잇 유어 셀프!

두어 시간 쯤 검색을 하니 종아리 같은 편편한 부위가 아니라면 제모 테이프보단 왁스가 좋다는 결론을 내리게 되었다. 왁스는 전자레인지에 돌려 녹인 후 제모할 부위에 바르고 굳힌 뒤 한방에 쫙 뜯어내는 건데, 지독히 아픈 만큼 효과는 좋다고 한다. 왁스를 사려 했지만 이미 조급해진 마음으로 인터넷 배송 이틀을 기다릴 수 없는 지경에 이르렀고, 그렇게 나는 망해갔다.

일단 드럭스토어를 찾았다. 거기서 왁스를 사려고 했는데, 역시 망하려니 모든 게 준비되어 있었다. 매장에선 왁스는 취급하지 않고, 테이프만 있었다. 테이프로는 성공하지 못했다는 인터넷 후기를 넘칠 만큼 보고도 나는 그만 구입을 하고 말았던 것이다. 어느덧 집에 돌아와 포장박스를 뜯고 있었다. 제모 테이프 박스 안에는 제모용 테이프가 여러 장 있었고, 떼어 낸 자리를 닦으라는 티슈도 들어있었다. 테이프를 떼어낸 자리에는 찐득하게 본드 잔해물이 남는데 유분크림이 묻어있는 티슈로 닦아내야 한다고 쓰여있었다. 그렇게 설명서를 꼼꼼히 읽은 뒤 본격적으로 제모를 시작했다.

1. 일단 제모 부위를 깨끗이 닦고 잘 말려주세요.

2. 원하는 부위에 편편하게 붙여주세요.

3. 잘 눌러주세요.

4. 털이 난 역방향으로 순식간에 쫙!

5. 뜯은 뒤 티슈로 닦아주세요.

설명서는 지면에 다시 옮겨봐도 쉽다. 생각해보면 참 그렇다. 매뉴얼 같은 인생이 어디 있다고. 물론 제모 테이프는 여성의 곡선 몸매에는 적합하지 않다고 하지만, 포장박스에 버젓이 '비키니 라인&겨드랑이용'이라고 적혀있는 제품을 샀는데 이 정도일 줄 누가 알았겠나? 내가 대기업의 상술에 놀아난 건가?

테이프는 강력했다. 그러나 음모의 모근은 그보다 열 배는 더 강력했다. 테이프를 뜯어내는 순간 시프트키 쌍자음 소리가 절로 나오는 극심한 고통과 함께 '이제 나는 민짜가 되었겠네?' 하는 기대감이 밀려온다. 그만큼 강력한 고통이었으니까. 그러나 내려다보니 테이프에는 초라한 음모 몇 가닥이 붙어있을 뿐이고, 내 소중한 그곳은 전교 일진에 쥐어뜯긴 머리채마냥 반쯤 뽑힌 털이 테이프 본드에 뒤엉켜 울부짖고 있었다. 아예 뽑히든지 말든지, 둘 중 하나면 거기서 멈출 수도 있었을 텐데. 반만 뽑힌 털은 은밀한 곳에 미스터리 서클을 만들어놓고, 고통은 고통대로 나의 뼈를 관통했다. 나는 더 할 수도, 그렇다고 여기서 멈출 수도 없는 상황에 놓이게 된 것이다. 몇 년 만에 끊었던 담배 생각이 간절했다. 담배 대신 좋은 날 마시려고 아껴 둔 앱솔루트 보드카를 따서 반 병쯤 들이키고 싶었지만, 나는 정신력으로 버티기로 했다. 그리고 이 차 시도. 어머니, 아 어머니.

일 차 시도했던 부위는 이미 빨갛게 부어올랐고, 심지어 털이 뽑힌 곳에선 피가 송송 맺히기 시작했다. 전에 이런 비슷한 것을 본 적이 있다. 한의원에서 내 등짝에 달려 있던 부황기에서. 이쯤에서 궁극적인 의문이 솟기 시작했다. 원래 이런 건가? 제모란 이렇게 피의 향연인가? 다산콜센터에 전화 문의를 하고 싶은 충동을 가까스로 참아내며 나는 티슈로 피를 닦았다. 손끝이 파르르 떨렸다. 그리고 문득 한 남자가 떠올랐다. 일당백으로 고군분투하던 존 맥클라인 형사가 옆구리에 박힌 총알을 칼로 쑤셔 뽑을 때 왜 보드카 병나발을 불었는지 그제야 이해할 수 있게 되었다.

시간이 얼마나 지났을까. 씻고 닦고 말리고 다시 뽑고 그러기를 몇 번쯤, 잠깐 침대에 누워서 심호흡도 한두 번 했다. 고백하자면 보드카를 진짜로 땄고, 알코올 때문인지는 몰라도 미친 듯이 흐르는 식은땀과 함께 이미 심장은 터질듯이 빨라졌다. 나는 보드카의 기운으로 여세를 몰아 족집게로 완벽하게 주변정리까지 마쳤다. 이미 피도 멈춘 자리에 보라색 피멍이 화려한 제비꽃처럼 피어났다. 그렇게 술기운을 빌어 벌였던 자학 행각에 지쳐 쓰러져 잠이 들었다. 그리고 다음날, 아무 생각 없이 자전거를 탔다가 집까지 서서 페달을 굴려야 했다.

나의 우발적 기행을 접한 지인들은 이날의 교훈을 벗 삼아 앞으론 피부과를 찾으라고 종용했다. 레이저시술을 받으면 해결될 일을 물리적인 힘으로 몸에 난 털을 잡아 뽑아 피를 보았으니, 이런 이야기를 공개적으로 했다간 변태로 몰리기에 딱 좋다는 경고도 더불어 들을 수 있었다. 어쨌거나 며칠이 지나자 멍도 사라지고 나의 몸에는 다시 평화가 찾아왔다. 속옷이나 수영복을 입기에도 좋고, 무엇보다 외관상 꽤 마음에 들었다. 그래도 이번 일을 통해 깨달은 것이 있다면 현대 문명이 발달한 것에는 다 이유가 있다는 것, 그러니 돈을 들여 과학의 힘을 빌리는 것이 현명한 문명인의 자세라는 점이다.

살라미와
앱솔루트 보드카

보드카는 보통 토닉워터에 타서 마시지만, 오렌지나 자몽, 크랜베리 등 달콤한 과일주스에

섞어도 정말 맛있다. 달콤해진 보드카에 짭짤한 살라미를 곁들이면 어느새 병은 바닥을 보이고,

그렇게 먹다 세 병쯤 되었을 때 체중이 3킬로그램 정도 불어나 있는 거지.

그
것
은 외
탁

복권은 사지 않으니 해당사항도 없

겠지만, 느닷없이 출생의 비밀이 밝

혀져 엄청난 유산을 상속받게 된다면 남몰래 가려고 생각해둔 병

원이 세 군데 정도 있다. 아니, 다섯 군데. 하지만 FTA 때문에 망

했어. 내 친모가 거상 김만덕이 아니고서야 어지간한 유산으론 택

도 없다. 브란젤리나 부부에게 해외 입양이 되지 않는 이상 가망

이 없다. 늦은 점심으로 쟁반짜장을 먹고 나와 기지개를 켜며 시

계를 봤을 때가 한 시 십오 분이었고, 정신을 차리니 밤 아홉 시였

다. 자전거 꽁지에 빨간 불을 뼈끔거리며 골목을 휘휘 도는데 가을 없이 겨울부터 와버린 듯 스산했다. 국회 본처 앞에 모여 있는 자식 잃은 이들은 어찌 되었나, 그제야 걱정이 되었다. 나는 무얼 할 수 있나. 세상에 대한 저주? 냉소? 그래도 두번 째 건 되도록 하지 말아야 한다. 그렇다고 저주만 하겠다는 건 아니지만.

어쨌든 나는 꼭 유산상속을 받고 싶다. 그래야 보란 듯이 퍼fur를 안 입고 에르메스 가방을 들지 않는다고 말할 수 있을 텐데. 지금은 유니클로와 로드샵에서 최소한의 옷과 화장품을 사는 것도 힘에 부친다. 내가 칙칙한 건 첫째 지금이 겨울이고, 둘째 내가 백수를 자청한 뒤 줄곧 가난하기 때문이다. 기본 아이템이라는 게 다 그렇다. 옷이든 구두든 가방이든지 간에 알록달록한 걸 구비하려면 이미 많은 밋밋한 것들이 있어야 가능하다. 그러니 유산상속을 받아야지만 칙칙하고 밋밋한 것들에 그치지 않고 인터넷 게시판에 각다귀 떼처럼 모여 있다는 대한민국 평균 남성 꼰대들에게 '된장녀'라는 온갖 욕을 들어 처먹으며 동물권과 환경보호에 엄청난 돈을 쓸 수 있을 텐데 말이다. 어디 있나요, 나의 친어머니…….

어머니는 잘 있다. 징그럽게도 외탁을 했기 때문에 나의 생모가 따로 있을 리 만무하고, 어머니는 잘 있다. 얼마 전 천호동의 용한 점집에 갔다가 아흔까지 산다는 소리를 듣고 기분이 더 나빠진 나의 어머니. 말은 안 해도 어머니는 자신의 늙음이 탐탁지 않은 눈치다. 왜일까. 나는 엄마처럼 예쁘장하게 늙고 싶다고 늘 생각해왔다. 하지만 그게 그리 단순한 문제는 아니다. 예쁘고 부자였지만 한 남자를 만나면서 가난하고 척박해진 인생은 별로 추천받고 싶지 않다. 이렇게 말하면 내 아빠가 죽일 놈처럼 느껴지겠지만, 그것 역시 그리 단순한 문제가 아니다. 잘 생기고 부자였지만 한 여자를 만나면서 나락으로 떨어지는 인생이란……. 둘은 그저 맞지 않았다.

고1 겨울이었다. 엄마는 건국대와 세종대 사이에서 커피숍을 하고 있었는데 야자 감독이 허술한 날이면 터질듯이 줄여 입은 교복 차림으로 학교 앞에서 542버스를 타고 그곳으로 향했다. 순전히 외모로만 면접을 봐서 뽑은 대학생 알바 오빠에게 체리콕을 타달라고 한 뒤 바에 앉아 빨대를 쪽쪽거리며 빨개진 혓바닥으로 깔깔거리고 있으면 휴학하고 거기서 매니저 일을 하던 언니가 진심으로 나의 미래를 걱정했다. 독서실과 학원과 과외 없이도 반에서 사 등과 팔 등을 오갔던 나는 '내가 맘먹고 공부를 하면 전교

십 등 안에 드는 것도 껌'이라고 생각하며 점점 더 공부를 하지 않았다. 당연한 결과로 이 재수 없는 타입의 여고생의 성적은 구멍난 낙하산처럼 아래로 곤두박질쳤지만, 그 지경이 될 때까지도 전혀 개의치 않았다. 이 글을 쓰고 있는 불과 며칠 전에도 친언니가 그 당시 공부 안하고 남자애들이랑 놀러 다니던 여동생을 생각하면 지금도 죽여버리고 싶다고 말할 정도로, 나는 그런 애였다. 대책이 없었다. 그날도 야자 3교시를 땡땡이 치고 당구장에 가서 훌라를 칠까 노래방에 갈까 고민하다가, 건대부고에 다니던 내 똘마니(?)들이 학주에게 잡혀 나오지 못했다는 삐삐를 받았다. 대학생 알바 오빠와 최불암과 참새시리즈 최신 유머 농담 따먹기를 하러 엄마 가게로 갔는데, 마침 그때까지 한 번도 보지 못한 엄마의 친구들이 와있었다. 아저씨들은 나를 보자마자 이렇게 말했다. "오, 정말 많이 닮았네? 그런데 네 나이 때 네 엄마가 훨씬 예뻤단다." 그게 할 소린가? 아빠뻘 되는 아저씨들이 처음 본 여고생한테 할 소리야? 한창 사춘기인 소녀에게?

불쾌했지만 엄마는 영등포여고 '얼짱'으로 밝혀졌다. 오십이 다 되어서야 밝혀진 과거. 결혼 전까지의 인생은 베일에 싸여졌기에 이따금 자신이 인기가 좋았다는 말을 할 때마다 우리 자매는 자작

극으로 치부했는데, 느지막이 동네 친구들이 하나둘 나타나 엄마의 유년기에 대한 증인이 되었다. 영등포 일대에서 등굣길에 누굴 보고 반했다, 하면 그게 너희 엄마였다고. 우리 자매는 엄마가 예뻐서 피곤한 날라리였을 거라고 생각했지만, 의외로 무협지에 빠진 문학소녀였다고 한다. 지금도 나라를 위해서라면 초개와 같이 목숨을 버릴 수 있다고 말하는 애국지사 김 여사는 사내대장부보다 더 사나이다운 풍모를 갖췄지만, 한없이 여성스러운 감성 또한 지녔다.

염색한 머리와 교칙에 어긋나는 교복 차림으로 교문 앞에서 새로 부임한 선생에게 어김없이 잡혔지만, 실은 내가 선도 부장이었다. 어쨌든 우린 이런저런 식으로 닮아 있다. 어찌 보면 남자 셋은 잡아먹을 듯 드센 기세로, 또 어찌 보면 시대를 역행하는 전근대적인 촌부마인드로. 다행히도 남자 취향은 조금 달랐다. 우린 둘 다 박재범을 좋아하지만, 엄마는 최민수를, 나는 하정우를 좋아하는 식으로. 얼마 전 삼겹살에 소주를 한두 병쯤 마시니, 엄마가 술을 좀 먹고 하는 얘긴데 오해하지 말고 들으라면서 어렵게 말문을 열었다. 듣고 보니 별 거 아니었다. "혹시 남자들이 너랑 연애만 하고 싶어 하고 결혼은 하고 싶어 하지 않는 거 아냐?" 엄마가 혹시 내 자취방 사이드 테이블에서 콘돔을 발견한 걸까. 머릿속이 복잡해지면서 나는 강하게 부정하느라 책임지지 못할 말을 성급하게 내뱉고 말았다. "무슨 소리야, 내가 살자고 하면 당장 좋다고 할 남자들이 지금도 몇 될 걸? 두고 봐." 엄마가 정말 두고 볼까 걱정이 크다.

삼겹살과
처음처럼

양념이 묻지 않은 돼지고기에 소주를 좋아하는 취향까지 닮았다.

당연하잖아. 딸들은 엄마를 닮는다. 닮고 싶지 않아하면서, 결국엔 닮아있다.

자기 전에 차가운 밤공기를 콧구멍

에 집어넣고 싶어서 창문을 열었다

가, 침을 한 방울 뚝 하고 흘렸다. 뭐야, 나 늙은 거야? 놀라서 화

장실로 달려갔다. 왕왕대는 텔레비전 소리를 들으며 힘차게 세수

도 하고 이도 박박 닦았다. 텔레비전에는 외모지상주의를 비판하

는 학자와 시민운동가들의 인터뷰가 나오고 있었다. 채널을 돌리

니 다이어트에 관한 다큐가 방영 중이다. 세상이 이렇다니까. 사

람은 꽃보다 아름답지만, 얼굴이 예쁘면 더 좋아요.

투명한 DHC 비누로 얼굴을 벅벅 문지르다가, 빨간 여드름으로 고민하던 우리 과 여자애를 떠올렸다. "엄마가 날더러 황신혜 닮았대."라고 말하던 그 애의 학창시절 별명은 '그렘린'이었다. 우리 과 애들은 그 애를 '문희준'이라고 불렀다. 어느 날 빨간 여드름을 때수건으로 박박 민 그 애는 양쪽 뺨에 까만 딱지가 내려앉은 얼굴로 학교에 나타났다. 그리고는 며칠간 볼 수 없었다. 사흘 뒤 그 애의 집으로 찾아갔을 때, 얼굴이 좋아져 있었다. "세수를 안 했더니 피부가 좋아졌어." 알 수 없는 말을 곧잘 하는 애였지만, 나는 그 애가 끓여주는 라면을 먹으며 엠넷 채널에서 나오는 뮤직비디오를 질리도록 보기 위해 그 집에 자주 가곤 했다.

씻지도 않고 방구석에서 귤을 까먹으며 뒹구는 겨울날에는 가끔씩 그 애가 떠오른다. 그 애는 청담슈퍼 둘째 딸이었다. 내가 태어나서 처음으로 가출을 했던 스무 살, 할머니와 '뚝섬빌라'에서 둘이 살던 그 애는 이틀 동안 나를 재워주었다. 우리는 어엿한 성인이었지만, 슈퍼에서 산 맥주를 할머니께 보여드리기 왠지 민망해 검은 비닐봉지에 담아갔다. 그렇게 맥주에 오다리, 꿀꽈배기가 든 봉지를 엉덩이 뒤로 숨기고 현관에 선 채로 할머니께 어정쩡한 인사를 한 뒤 방안으로 쏙 들어가 버리곤 했다. 그 애는 형광등은 끈 채 침대 옆 협탁 위에 작은 초들을 켜놓길 좋아했다. 그렇게 일렁거리는 방바닥에 무릎을 세우고 앉아 고대하고 있는 첫 키스에 대한 이야기만 늘어놓았다. 짠 것과 단 것을 번갈아 먹으면 도저히 멈출 수가 없기에, 나는 오다리와 꿀꽈배기를 야작 낼 때까지 그 애의 첫 키스 계획을 경청하는 척했다. 그때 그 애가 좋아하던 남자애는 현대고를 나온 '강남 깍쟁이'였다. 강남 깍쟁이란 별명은 내가 지어주었다. 여자인 친구들과 커피숍에서 수다 떠는 것을 좋아했고, '너 오늘 아이라인 꺾였어' 하고 그날의 화장을 지적하길 잘했다. 지금 돌이켜보니 게이였을지도 모르겠는 그 애는, 단 둘이 극장과 카페는 물론 그 애의 집에도 자주 드나들며 데이트 유사 행위는 다 하면서, 스킨십만은 시도하지 않아 청담슈퍼 둘째 딸의 애간장을 녹이고 있었다. 그 애는 강남 깍쟁이가 집에 놀러 올 때마다 호시탐탐 기회를 엿보여 틈만 나면 양치질을 했지만, 첫 키스의 순간은 기어이 오지 않았다. 스무 살에 이미 다섯 명 이상의 남자와 키스 경험이 있던 나로서는 키스가 양치질을 한다고 해서 성사되는 것이 절대 아니란 걸 알았지만, 논리적으로 설명할 순 없었다. "니네 둘이 할 거면 진즉에 했어야 해." 그때 나는 타이밍이론 신봉자였다.

그 애는 우리와 함께 졸업하지 않았다. 휴학을 했던가, 중국으로 유학을 갔던가, 기억이 잘 나지 않는다. 그 애가 지하철역에서 델리만쥬 사업을 하고 싶다고 했을 때 나는 속으로 얘랑 계속 친구를 할 수 있을지 진지하게 고민했다. 하지만 우리 집은 엠넷 채널을 볼 수 없었기 때문에 도저히 그 애의 집에 놀러가는 일을 멈출 수가 없었다. 그 애의 소식을 안 것은 졸업 후 삼 년쯤 지났을 때였다. 싸이월드 미니홈피에서 찾은 그 애는 긴 머리에 서스데이 아일랜드풍 블라우스와 잔잔한 꽃무늬 치마를 입고 작은 공연장에 앉아 기타를 치며 노래를 부르고 있었다. 물론 음치는 아니었지만, 단지 목소리만 예뻤던 그 애가 그 뒤로 어떻게 살고 있는지는 모른다.

다이어트 다큐가 끝났다. 어느 틈에 꺼내 온 캔맥주도 다 마셨다. 가로등도 졸고 있는 외로운 골목길에 누군가 노래를 부른다. 그 애처럼, 음치는 아니지만 그저 목소리만 좋다. 이렇게 늦은 밤까지 방구석에서 뒹구는 겨울날에는 가끔씩 그 애가 떠오른다. 우리 집 길 건너 원룸촌 뒤로 빽빽한 아파트엔 딱 다섯 개의 불빛만이 보이고, 나는 기억도 나지 않을 만큼 첫 키스로부터 멀어졌지만, 양치를 다시 했다.

오징어버터구이와
산미구엘

어린 여자아이들의 문제점은 항상 술보다 지나치게 많은 수의 안주를 밝힌다는 점이다.

그러나 그것은 어린 여자아이들이 귀여운 점이기도 하다.

이무기의 운명

다섯 손가락으로는 모자랄 정도의
직장을 다녀봤는데, 유독 기억에 남
는 곳이 하나 있다. 일단 나는 거기서 가라오케의 매력에 빠져들
었다. 밤새 퍼마셔도 술은 줄지 않고, 노래 소리는 멈추지 않았
다. 몸은 음주와 가무에 완전히 적응되어 말로만 듣던 '나이트 죽
순이'의 증상이 이런 것이구나, 깨달았다. 이제 고작 서른 몇 해를
살았을 뿐이지만 그런 황금기가 내 인생에 다시 오지 않을 거라는
추억에 섣불리 잠길 정도로, 밤만 되면 동공이 쫙 조여지면서 눈

동자에 반짝반짝 빛을 내던 시기였다. 그도 그럴 것이 상대하는 사람이라는 게 배우나 가수이거나, 그보다 많은 수의 배우나 가수 지망생이거나, 역시 그보다 많은 수의 매니저들이었기 때문에 보통의 직장에서 경험하기 힘든 수준으로 더럽기도, 재미있기도 했던 것이다.

그 모든 더럽고 치사함을 이겨낼 수 있었던, 바로 가라오케. 약간의 과장을 섞어 회식자리에서의 돈 주고도 못 볼 '쇼'는 아직도 생생하다. 그렇다고 벗고 노는 퇴폐의 수준은 아니었지만(여기는 어디까지나 회사이므로) 차오르는 끼를 주체할 수 없는 딴따라, 혹은 워너비 딴따라들이 한 방에 모여서 술잔을 들어 엎고 테이블 위를 날아다니며 까만 밤을 하얗게 불태우는 데는 마약 같은 중독성이 있었다. 노는 것도 잘 놀아야 신나는 법이지, '찐따'들처럼 멍석 깔아놔도 못 노는 인간들은 일주일에 가라오케를 다섯 번 데려간들 스트레스가 풀릴 리 만무하겠지만, 놀아재끼는 데 있어 둘째 가라면 서러울 인간들이 모여 있다 보니, 위대한 개츠비가 열었던 파티가 이랬을까 싶었다. 거기엔 〈아침이슬〉을 부르며 분위기를 깨는 386사장도 없었고, 〈보랏빛 향기〉를 부르며 혀 짧은 소리를 내는 신입사원도 없었다.

그중에 가장 기억에 남는 건 K다. 얼굴도 잘 생기고 연기도 잘하는 K는 사내 체육대회에선 적극적으로 운동도 잘하고, 사석에선 유머가 넘치기까지 했다. 회식할 때 옆에 앉아서 술이라도 따라주면 왠지 돈을 줘야하나, 싶은 불순한 생각에 긴장이 되기까지 했던 K는 어느 날 술이 과했던지 웃통을 벗어재끼고 하얀 민소매 티셔츠 아래 불끈거리는 근육을 드러내며 테이블 위에 올라가 비의 〈나쁜 남자〉를 불렀다. 어쨌거나 내 눈앞에 있는 이상 비보다 훨씬 우월했던 K의 춤과 가창력과 쇼맨십. 도대체 저런 애가 연예인을 못하면 누가 하나, 몇 편의 영화에 조연으로 출연했을 뿐 먹어가는 나이에 비해 죽어라 안 풀리던 K가 안쓰럽기까지 했다.

K는 이무기였다. 그곳엔 이무기가 가득했다. 매니저라는 사람들도 대개는 연예인의 꿈을 접었거나 임시로 접고 있을 뿐, 모두 이무기였다. 이무기는 이무기일 뿐이다. 용이 될 거라 믿든 포기했든 상관없이 이무기에게는 화려한 용트림의 기술이 있고, 표출하지 않으면 괴로워 살 수가 없는 운명들이다. 사회라는 정글에 나와 보니 이무기는 도처에 존재했다. 글쟁이 이무기, 그림쟁이 이무기, 영화판 이무기부터 사법고시 이무기까지. 수많은 이무기들을 향해 세상은 꾸준한 것에 장사 없다는 말로 유혹하지만, 꾸

준함의 기준은 시한이 정해진 것도, 그 뒤에 용이 될 거라는 보증도 없어 가혹했다.

그 회사를 떠나온 지 몇 년이 흘렀다. 교통사고로 병원에 누워 있을 때 K를 봤다. 앞머리를 바보같이 자른 그는 아침 드라마에서 지적장애인으로 나오고 있었다. 그리고 드라마의 인기에 따라 K도 유명세를 타고 있다는 기사를 병원 앞 미장원에 놓인 〈우먼센스〉에서 보았다. 결국 그는 용이 된 것일까. K는 원래 영화를 하고 싶어 했다. 문득 K가 용이 되었든 안 되었든 간에 아니, 스스로 용이 되었다고 믿든 아직은 용이 아니라고 믿든지 간에, 그런 건 아무 상관없을지 모른다는 생각이 들었다. 어쨌거나 이무기는 용트림을 하지 않고서는 살 수 없는 피이기 때문이다.

가리비구이와
예거밤

각성제와 진정제를 섞어버리면 그야말로 폭탄이 되지.

알코올에 카페인을 타면 취하지 않듯, 또렷하고 말짱한 기분이 들어 밤새 달릴 수 있다.

하지만 현실은 〈월가의 늑대들〉의 디카프리오처럼 된다는 거.

처녀들의 저녁식사

다시 보고 싶은 영화 가운데 〈처녀들의 저녁식사〉를 빼놓을 수 없다. 이 영화는 내가 스무 살이 되던 해에 개봉을 하는 바람에 강변 CGV에서 최초로 본 19금 영화로 기억한다. 어릴 때부터 친구였던 J와 둘이 봤는데, J는 계속해서 진희경의 팬티를 욕했다. 어떻게 그런 아줌마 같은 팬티를, 허리 위까지 올라오는 하얀 오각형 팬티를 입을 수가 있냐고, 정말 실망이라고. 지금 생각해보면 그런 속옷은 얼마든지 있을 수 있는데, 그 나이엔 성인 여자라면 모두 청소년기에 지겹도록 입던 면 팬티를 벗어던지고 예쁜 레이스가 달린 조막만한 실크 팬티를 입어야 한다고 생각했던 건지, 하여간 J가 하도 팬티를 욕하는 바람에 지금도 그 영화를 떠올리면 진희경의 팬티가 제일 먼저 생각난다.

사실 그 영화의 주제를 연기한 건 김여진이었다. 시종일관 성해방에 대해 떠드는 것은 강수연이었지만, 김여진이 조재현을 타고 앉아 오르가즘을 느꼈을 때 나는 내 안에서 소리 없는 탄성이랄까, 일종의 사이다 같은 눈물이 나올 뻔했다.

남자들이 어떻게 받아들이는지에 대해선 그러고 보니 한 번도 생각해보지 못했다. 사랑도 연애도 존경도 이해도 데이트도 교감도 다 좋지만, 그냥 섹스가 섹스 자체로 좋다는 사실을 그 누구도 모른 체할 수 없을 텐데. 그러니 남자들에게는 당황스러운 경험일지 모른다. 자신들이 원할 때는 어르고 달래고 귓볼에 대고 사랑을 속삭이고 돈과 시간을 들여 마음을 동하게 할 데이트 코스를 밟아야만 성사되었던 섹스였는데, 하고 싶다고 눕혀놓고 꼼짝도 못하게 올라타고는 오로지 내 몸에서 오는 신호에만 집중하고 느낀 뒤 끝내버리는 여자란. 그런 경험이 완전히 싫은 남자들도 분명 있을 테다.

그때 H는 나에게 '강간당하는' 기분이라고 말했다. "어째서?" 우리의 대화는 거기서 끝이 났다. 몸은 좋은데 머리가 싫은 건지, 머리로는 수용하지만 몸이 거부하는 건지 H 본인도 그 질문을 해결할 수 없었던 것이다. "생각해 봐, 수많은 여자들이 오늘 밤에도 이 자식이 혹시 내 몸만 좋아하는 건 아닐까? 이불 속에서 열두 번도 더 뒤척이고 있을 때, 저기 근데요, 냉정을 찾고 생각해 봅시다, 사실 몸만 좋은 게 절대적으로 나쁜 것만은 아니에요, 이렇게 설득할 수는 없는 거잖아." 그 복잡하고 어려운 몸과 마음의 매커니즘을 어찌 논리적으로 설명할 수 있겠는가. "하나의 인격체로 너를 사랑하지 않는 건 아니지만, 오늘은 내 눈에 니가 자지로 보여. '그래? 오케이, 그럼 오늘은 자지 한번 해줄게.' 할 수 있겠어? 가능한가요?" 대답이 없다. 아마 말처럼 쉽진 않겠지. 내 사진을 보고 자위를 했다는 말에 기분이 슬쩍 좋았으면서도 내색하기엔 불쾌하게 복잡한 마음을 말로는 설명하기 힘든 것처럼. 왜냐하면 사람이 '떡'보다 아름다운지는 잘 모르겠지만, 떡이 사람보다 맛있다고 말하면 어쩐지 인간의 존엄성을 해치는 것 같으니까. 그렇다고 '문제 시 삭제하겠습니다'라는 문구를 하나 써 넣으려 해도 인생이 무슨 인터넷게시판도 아니고. 그렇잖아?

돼지껍데기와
소맥

이 영화에 나오는 껍데기 집은 나도 자주 갔던 곳이다. 마포구 용강동에 있는.

아마도 40년은 족히 넘었을 집. 돼지껍데기는 턱 밑에서 앞다리까지 있는 앞가슴팍 쪽이 제일

맛있다고 하는데, 어쨌든 껍데기는 삼겹살 이 인분을 먹은 뒤 안주가 모자랄 때나 시키게 되는 안주니까.

아름다운 찡그림

인터넷으로 신청한 사람을 찾아가,
자위 장면이나 연인 또는 부부 간의
섹스 장면 중에서도 오르가슴에 이르는 과정을 비디오로 찍어 공
유하는 사이트가 있다. 물론 한국은 아니고, 카피라이트의 주소
지는 네덜란드로 되어 있다. 직접 찍어서 보낼 수도 있는데, 해당
사이트의 지침에 따라 심사를 거쳐서 등록할 수 있다. 오로지 얼
굴 표정만 보여준다는 것이 특징. 이 사이트를 만든 리처드 로렌
스라는 사람의 설명을 들어보면, 포르노 비디오가 폭발적으로 늘

어나고 있지만 하나 같이 얼굴에는 무관심한 것이 이상했고, 그래서 반대의 길을 가기로 마음먹고 이 사이트를 만들었다고.

생물학적 나이가 중요한 것은 아니지만 주민등록증이 나오고 바로 첫 섹스를 했다고 가정했을 때 나이가 서른이 넘어갔다면, 10년 이상의 시간 동안 여러 사람과 다양한 섹스를 했을 가능성이 높다. 그렇게 여러 번의 섹스를 지나다 보면 알게 된다. 섹스는 좋은 것이며, 즐겁고 짜릿하고, 때로 감동적이기까지 하지만, 매번 그런 것은 아니라는 사실을 말이다.

상대에 따라 어떤 날은 별로지만 좋았던 언젠가를 기억하며 다음을 기약하기도 하고, 한 번만 해봐도 앞으로 계속 좋을지 영 아닐지 판단이 서기도 한다. 많은 사람과 더 많은 섹스를 나눌수록 우리는 섹스가 좋은 것임을 알게 됨과 동시에 별 거 아니라는 것도 알게 된다. 그런 과정 속에서 얼굴과 몸매와 성격이 다른 우리들은 저마다의 취향대로 즐거운 섹스를 찾아 간다. 아웃도어에도 꽂혔다가, 촬영에도 꽂혔다가, 엉덩이도 맞다가, 목도 조른다. 손을 묶거나 눈을 가리기도 하고, 젖꼭지를 깨물거나 뺨을 때리기도 한다. 때려죽여도 '쓰리썸'은 못한다고 했지만, 그래도 남자가 둘이면 해볼 만하지 않나, 싶은 생각도 했다가 이내 고개를 저으며 이러다 '똥 먹는 거 순간'이라는 선조들의 가르침을 떠올리며 마음을 다잡곤 한다. 나처럼 '평범한 여성'이라면 다 그런 유행을 지나왔을 테다. 아닐 수도 있지만.

꽤 옛날 일이긴 하지만, 정확한 시점은 밝히지 않기로 한다. 우리의 인연은 끝났으나 사망하는 순간까지 개인정보는 보호하는 것이 헤어진 연인에 대한 미덕이므로, 과거의 어느 한때라고 해두겠다. '촬영'을 굉장히 즐기는 남자를 만난 적이 있었다. 놀랍게도 이 남자의 집에 처음 놀러갔을 때 제목이 없는 비디오테이프가 책장 속 빼곡한 책들 사이에 누가 봐도 어색하게 꽂혀 있는 걸 발견했다. 누구라도 묻지 않을 수 없는 위치였다. 내가 무슨 테이프냐고 묻자 그가 대답했다. "옛날 여자친구랑 찍은 거야. 같이 볼래?"

그때 나는 왜 본다고 하지 않았을까. 난생 처음 받은 제안에 몹시 당황했기 때문이며, 사귀는 사이를 떠나서 내가 아는 사람이 섹스를 하는 장면은 실제로도, 영상으로도 본 적이 없기 때문일 테다. 당시 그 테이프를 보면서 그와 섹스를 했다면 색다른 경험이 되었을 테지만, 지금 생각해도 이 문제는 쉽지가 않다. 내 남자가 다른 여자와 하는 상상을 하면 미칠 듯이 흥분이 되다가도,

이내 질투에 눈이 멀어 〈완전한 사육〉을 찍을 기세로 남자를 현관문 밖에 내놓기가 싫어지는 것이 여자의 마음 아닌가. 나만이 소유할 수 있도록 벌거벗겨서 침대에 묶어놓고 싶은 것, 그것이 '평범한 우리 여자'의 마음일 것이다. 아닐 수도 있지만.

촬영을 좋아하는 남자를 마침 섹스계의 아문센이라도 된양 호기심과 프론티어 정신이 왕성하던 어린 나이에 만났으니, 그리하여 그때부터 나의 폴더형 투지2G폰 사진첩에는 엄청난 양의 데이터가 쌓이기 시작했다……. 나는 그를 사랑했고 그를 믿었으며, 그는 절대로 '씨발새끼'가 아니라는 확신이 있었지만, 혹시라도 모를 사건 사고를 미연에 방지하고자 촬영은 무조건 나의 휴대폰으로만 하는 것을 룰로 삼았고, 지켰다. 그러던 어느 겨울날, 그런 무사고 연애의 기록이 깨지고 마는데!

출근하는 버스의 뒷바퀴 윗자리에 무릎을 세우고 앉아 까무룩 잠이 든 사이 코트 주머니에서 그만 휴대폰이 흘러내리고 만 것이다. 당시 내 휴대폰의 비밀번호는 0000. 나는 사무실에 도착한 뒤 주머니에서 휴대폰이 사리진 것을 확인한 바로 그 순간부터 정신이 혼미해졌다. 이미 머릿속에서는 나의 가슴 사진과 그 남자의 아랫도리에 얼굴을 파묻고 있는 내 사진이 온갖 사이트에 퍼져나

가고 있었다. '아 씨발, 잘못했어요. 하느님.'

나는 침착하게 통신사 사이트에 접속하여 위치추적을 돌리기 시작했다. 놀랍게도 휴대폰은 출근버스 노선대로 움직이고 있었다. 버스 좌석 옆 틈에 깊숙이 박혀있는 것이 틀림없다. 나는 버스회사에 전화를 걸어 현재 강변역을 지나고 있는 1-1번 버스에 휴대폰을 두고 내렸으니 해당 차량 번호와 기사님 연락처를 알려달라고 요청했고, 퇴근 즉시 박카스 한 박스를 품에 안고 정류장에 서있다가 버스가 지나갈 때 기사님에게 안겨드린 뒤에야 휴대폰을 손에 넣을 수 있었다. 그렇게 열 시간의 지옥이 끝났다. 이후 나는 사진 폴더의 모든 콘텐츠를 삭제하고, 다시는 촬영 따위 하지 않았다……기보다는, 가끔 하더라도 같이 보고 곧바로 지우는 쪽을 택했다. 그리고 두 번 다시는 얼굴을 찍지 않았다.

그렇다, 얼굴. 얼굴을 찍을 바에야 차라리 항문을 찍는 것이 인간의 심리. 촬영에 재미가 들어 점점 과감한 앵글에 도전했을 당시에도 유독 나는 내 얼굴을 찍는 것만은 싫어했는데, 그것은 노출에 대한 두려움보다는 부끄러움에 가까웠다. 지방 모텔에 출장이라도 가면 무료로 쏟아져 나오는 성인 채널 속 배우들의 얼굴은 (간혹 웃기기도 하고, 대체로 못생겼지만) 이따금 찡그리는 것만으로도 야한 느낌을 주고, 그 느낌은 섹스만족도를 높이는데 결코 작지 않은 부분을 차지한다고 생각하면서도, 어째서 섹스를 하는 자신의 얼굴만큼은 견디기가 힘든 것일까?

'beautiful agony'. 오랜만에 유튜브에서 이 동영상을 보며 나도 한번 자세를 잡고 침대에 누워 보았다. 옆에 거울을 두고 자위를 하다가, 거울을 들어 얼굴을 보았지만 집중도가 바로 떨어지면서 거울을 엎어버렸다. 생각해보니 자신이 자위하는 얼굴을 보고 흥분하면 지나친 나르시시즘이 아닐까 싶은 거다. 내가 나랑 섹스 하는 게 아닌데 말이다. 물론 자위는 혼자 하는 것이지만, 자위가 내 자신과의 섹스는 아니며, 하면서 좋았던 섹스를 떠올리거나 이성 혹은 동성인 타인의 사진이나 영상을 보면서 흥분을 하는 것, 그게 자위행위 아닌가? 그러다가 상대고 뭐고 아무 것도 고려하지 않고 오직 성적인 흥분에만 집중하고 끝내버리는 것이 이 행위의 본질일 텐데. 거기에 스스로의 얼굴은 필요하지 않은 것이었다. 그래서 바꾸어 생각해보았다. 나와 섹스를 하는 남자가 절정을 향해 고조되면서 점점 찡그리는 표정, 사정을 참지 못해 한껏 일그러지다가, 괴성도 튀어나오다가, 결국 거칠게 숨을 몰아쉬며 괴로움에 가까운 표정을 짓는 순간, 그 순간 그의 얼굴은 전혀 못생겼다거나 이상하게 느껴지지 않고 오히려 섹시하고 사랑스럽다. 나를 미치게 하고 흥분시킨다. 그러니 섹스할 때 나의 'agony'한 표정 또한 그에게는 어색하고 이상한 것이 아니라, 'beautiful'한 것이라고 말이다.

● 흥미 있는 분들은 도전해 보세요! http://beautifulagony.com/

글렌피딕

그 사건을 치루고 밤에 집으로 돌아와 엄마 몰래 술장에 있는 글렌피딕을

온더락 잔에 얼음도 없이 절반을 채워 들이켰다.

그제야 긴장이 풀리며 기절하듯 잠이 들었다.

여러분, 호기심이 고양이를 죽입니다. 위험한 짓은 절대로 하지 말아요. 내 말 들어.

어린 시절 제일 많이 들여다 본 책은
『한국동요전집』이었다. 장기자랑 시
간이 되면 제일 먼저 불려나가서 〈저녁노을〉 같은 명곡을 시원스
레 뽑고 친구들의 박수를 받곤 했다. 바람에 흔들리는 나뭇잎 사
이로 눈부신 하늘이 보석처럼 반짝인다는 내용의 동시를 지어 백
일장에서 상을 받기도 했다. 그러고 보면 참으로 감수성이 풍부
한 어린이였다. 그 어린이는 고등학교에 입학하고도 한참 동안을
오락실에 가면 큰일이 나는 줄 아는 학생으로 자랐다. 그런(?) 데

는 정말 심각한 문제아들이나 드나드는 곳인 줄 알았다. 그래놓고 첫 키스는 중3 겨울방학 때 했다. 첫사랑이자 첫 남자친구였던 H가 단과학원 앞 포장마차에서 오뎅꼬치를 사주며 사귀자고 했을 때, 이미 나는 이제 겨울이 지나면 고등학생이 되니 남자친구와 키스를 해도 될 나이라고 생각했다. 물론 일 년을 채우지 못한 풋사랑은 고1 때 끝이 났다. 생애 첫 실연을 맛본 나는 교회 앞 선술집에서 두꺼비 소주 네 병을 마시고 기절했다. 그리곤 석식시간에 먹은 컵떡볶이를 골목길 가로등 아래다 토해놓고 엉엉 울었다고, 내 친구의 삐삐를 받고 나를 데리러 온 언니에게 전해 들었다. 다음날 엄마는 우리 딸 다 컸네, 하며 횟집에서 우럭 한 접시에 소주 한 잔을 해장술로 따라주셨다. 나는 초록색만 봐도 토할 것만 같았다.

야간자율학습은 열 시 반에 끝났다. 독서실에서 새벽 두 시에 집에 돌아왔다. 아침 여섯 시에 일어나 학교를 갔고 토요일에도 야자는 밤 아홉시에 끝났다. 일요일엔 교회를 가야했고, 나는 연애를 할 시간이 없어 우울했다. 문제집 한 권을 다 풀 때마다 나는 독서실 앞 공중전화에 가서 W에게 삐삐를 쳤다. 두 번째 남자친구 W는 언제나 당구장에서 삐삐를 받았다. 걔는 뒤에서 십 등 안에 들고 나는 앞에서 십 등 안에 들었지만, 걔의 인생은 나보다 열

배는 더 행복해 보였다.

동요를 잘 부르고 동시 짓기를 잘했던 모범적인 소녀는 고3 때 성적호기심을 이기지 못해 섹스를 했다. 심장이 터질 것처럼 요동치는 W를 거의 협박하다시피 해서 기어이 하고야 말았다. 술, 담배, 야자땡땡이는 관심 없었는데 왜 그게 그렇게 궁금했을까. 열아홉 소녀는 알 수가 없었다. 아무래도 동네 친구 B가 빌려 준 비디오테이프가 문제였을까? 플레이 버튼을 누르면 선생이 녹색 칠판에 하얀 분필로 또각또각, '루뜨 이 마이나스 이 제곱의 삼승'을 빠르게 적어 내려갔다. 그러다가 지지지직……. 화면이 요동치더니, 방안 가득 미국여자와 미국남자들의 신음소리가 넘쳐났다. 그 테이프의 제목은 〈중3수학〉이었다. 그때만 해도 나는 포르노가 그냥 야한 영화인 줄만 알았다. 그래서 라면땅을 만들어 먹으면서 시청하다 그만, 그날 저녁 단과학원 가는 길에 리어카에서 파는 핫도그를 보고 전봇대 밑에다가 토하고 말았다.

동요를 잘 부르고 동시 짓기를 좋아하던 모범적이던 소녀의 주량은 스무 살 신입생환영회에서 소주 일곱 병으로 늘어났다. 그렇게 먹고도 정신이 말짱해서 의기소침해지곤 했다. 친구들은 술기운을 빌어 행하는 모든 '병신짓'의 낭만을 나는 차마 할 수가 없었다. 맨정신이 그렇게 싫을 수가 없었다. 고민 끝에 나는 마음을 고쳐먹었다. 다른 사람들의 술 먹은 상태를 나는 안 먹은 상태로 디폴트시키자. 야호, 이것이 자유구나! 영혼에 날개를 달았다.

서른이 넘자 주량이 반으로 꺾였다. 이십 대 때는 상상도 못했지만, 이제는 필름도 끊긴다. 심지어 끊기고도 뻔뻔하게 "어쩌라고?"를 외치게 되었지만, 그렇긴 해도 어쩔 수 없이 다음날 아침 방구석의 무정부적 상태를 마주하는 순간이면 밀려드는 알 수 없는 공포에 떨기도 한다. 영화의 그것처럼 팟, 팟, 소리 내며 지나가는 끊어진 장면 장면들은 숙취를 단박에 깰 정도로 강력했다. 하지만 그래봤자 삼 초나 가려나? 또 다시 어쩌라고, 를 외치며 평양냉면 생각만 간절해진다.

동요를 잘 부르고 동시 짓기를 좋아하던 모범 소녀의 방구석에 한 번에 벗어 내린 스타킹과 팬티가 아무렇게나 구겨져있을 때면 문득 생각난다. 귀엽고 아기자기했던 소녀의 삶이 언제부터 이렇게 아슬아슬하고 아찔하게 바뀌었을까. 혹시 이 모든 시작이 그 겨울 우리 집에 비디오데크가 있다는 이유만으로 B의 수많은 비디오테이프 가운데 빌려 본 〈중3수학〉은 아니었을까 하고.

평양냉면과
두꺼비 소주

'1일 1평양냉면'이면 부러울 것이 없는 삶이라고 농담 같은 진담을 해왔는데.

미국에서 살다 온 어떤 남자가수가 실제로 그런 삶을 산다는 걸 텔레비전을 통해 확인했을 때

말로 표현할 수 없는 복잡한 기분을 느꼈다.

하
고
싶
니
?

그날은 평일 저녁이었다. 일주일에
이 회 이상 고기 안주에 술을 먹지
않으면 금단현상에 시달리던 시기였다. 직장 오년 차가 넘어가고
직급이란 것도 달게 되니까, 한 달에 한 번 월급을 받는 대가로 눈
치 보며 매일을 사는 스트레스를 나 역시도 시시하게 회사 근처
고깃집에서 술잔 기울이며 풀고 살던 때였다. 그 즈음 자주 만나
던 A도 나와 비슷하게 강남으로 출퇴근하는 싱글 여성이었다. 나
는 직장을 십 년쯤 다녔을 때 사표를 쓰고 기어이 백수가 되었고,

A도 지금은 육아에 전념하느라 프리랜스 일마저 멈춘 상황이지만, 그때 우리는 한 달이면 세 번은 만나 약간은 비틀거릴 때까지 강남과 종로에서 술을 마시곤 했다.

그날도 우리는 서둘러 퇴근을 한 뒤 오랜만에 삼겹살에서 벗어나 돼지갈비를 굽기로 했다. 넓적한 돼지갈비 한 덩이를 불판에 올려놓고, 적당히 달큰한 냄새가 올라올 때 집게로 뒤집었다. 불판 위에 고기가 촤아악, 들러붙었다. 스트레스가 한 방에 풀리는 소리였다. "그런데 우린 왜 맨날 둘이야?" A가 말했다. "어리고 귀여운 남자가 옆에 앉아서 고기도 뒤집어 주고 술잔도 채워주면 얼마나 좋아." "그래? 좋았어, 나만 믿어." 나는 집게를 내려놓고 술잔 옆에 엎어두었던 휴대폰을 들어 저장 목록을 주욱 살펴보다가 흰 죽 같은 얼굴에 떡 집어먹고 체한 듯한 큰 눈을 가진 D의 이름에서 멈췄다. D는 지난겨울 출장지에서 두 번 보고, 회식 때 수십 명이 알코올에 잠식되어 가는 그 난장판 분위기 속에서 있는 듯 없는 듯 했으나 끝까지 자리를 지키던 남자였다. 정신세계가 나와는 달라도 너무 다를 것 같다는 느낌이 단번에 오는 어린 남자였지만, 그 회식 날 새벽 이태원역에서 첫 차를 기다리다 뜬금없이 '누나 전번이 뭐야'라고 반말을 하는 바람에 내가 명함을 쥐어준, 바로 그 대학생 알바였다.

일단 돼지갈비부터 한 입 크기로 잘라 놓고, 혹시나 하는 마음에 문자를 보냈는데, 다행히도 "누구시죠"라는 대답 대신 "오케이! 어디로 갈까?"라는 문자가 날아왔다. A와 나는 생각보다 별로였던 돼지갈비에 백세주를 다 비우고 근처 맥줏집으로 자리를 옮겼다. 그때 D가 왔다. 거기서 도대체 게이인지 아닌지 한 시간 동안 봐도 감이 안 오는 춤추는 남자 커플을 관찰하며 맥주 아홉 병을 마시고도 모자라 노래방까지 갔다. 몸이 좀 피곤했지만, A와 나는 D의 존재를 아랑곳 않고 목구멍을 박박 긁으면서 마릴린 맨슨의 〈스윗 드림〉을 부르며 바닥을 기어 다녔다. 아쉽게도 D는 음치였다.

한 시간쯤 뒤 탈진한 A를 택시에 태워 보내고 버스정류장에 서서 좌석버스를 기다렸다. 마침 걸려온 엄마 전화에 "어, 나 지금 버스 기다려."했는데 휴대폰 메시지 수신불빛이 깜빡거렸다. 발신자는 바로 옆에 서 있던 D였고, 내용은 이랬다. '누나 나랑 자자'.

영화 〈연애의 목적〉에서 보면 어디서 저런 '발정 난 개자식'이 있나 싶게, 노골적인 작업 멘트들이 나온다. 그만 일어나자 했더니 지금 서서 못 일어나겠다든지, 억지로 자빠트린 여자에게 오

초만 넣다 빼겠다든지, 강간에 준하는 심각한 상황이긴 한데 개수작을 부리는 상대가 박해일이니까 노골적이고 직설적인 짓거리들이 귀엽게 느껴진다. 따지고 보면 현실에서의 작업 멘트란 건 아무래도 시시하기 짝이 없다. '추운데 몸 좀 녹이고 가자' '술 깨고 가자' 아니면 '방 잡고 술 마실까'를 지나 '손만 잡고 잘게'로부터 이어져 '오빠 못 믿니'까지.

"라면 먹고 갈래?" 이외에 참신하고 멋스러운 우회 멘트가 이리도 없는 걸까. 그러니 뻔하고 지루한 멘트를 날리는 남자들을 향해 이렇게 말할 수밖에 없다. "나랑 하고 싶니?"

실망스럽게도 남자들은 거의가 솔직히 '하고 싶다'고 말하지 못한다. 물론 상대의 심리를 모르는 상태에서 자신의 패를 전부 까발린다는 게 보통의 용기로는 될 일이 아니지만, 그렇다고 그냥 꼴렸을 뿐이면서 "널 사랑하나 보다"고 감정 사기를 치는 것보다야 백 배 낫다. 그래서 나는 하고 싶을 때 하고 싶다고 말하는 남자가 좋다. 살을 맞대고 누워있는 이유가 한 쪽은 섹스고, 한 쪽은 사랑이 되어버리면 골치 아프다. 모든 남녀의 구도를 섹스 아니면 사랑 식으로 보자는 건 아니지만, 다만 남자든 여자든 조금 더 솔직해질 필요가 있다는 말이 하고 싶다.

문자를 본 순간, 내가 D의 손목을 낚아채 모텔 골목으로 끌고 갔으리라는 모두의 예상을 뒤엎고, 나는 그냥 좌석버스에 올랐다. 이런저런 이유가 있기도 했지만, 중요한 건 그게 아니라 밋밋한 어린애 같기만 하던 녀석이 이날을 계기로 관심권 영순위의 남자가 되었다는 거다.

—

돼지갈비와
백세주

아무리 술꾼이라고 해도 평일 음주는 부담스럽기 마련. 그래서 언제나 도수가 좀 낮거나

몸에 좋다는 뻥, 아니 마케팅을 하는 술을 골라보지만 크게 효과는 없는 것 같다.

신기한 건 백수가 되었는 데도 평일 음주가 부담스럽다는 점이다. 습관이란 건 무서운 거야.

그냥 하면 안 될까

어느 날 Y가 제안했다. "전부터 해보
고 싶은 게 있었는데, 만나서 차 한
잔 마시고, 밥 먹고, 영화를 본 뒤, 또 맥주 한 잔 하는 모든 과정
을 생략한 채, 모텔 앞에서 만나서 인사만 짧게 나눈 뒤 긴박하게
입장하는 거야. 어때?" 나는 일 초도 망설이지 '못'하고 대답했다.
"아, 떨려. 씨발." "야, 좀 예쁘게 허락할 순 없니?" "좋아, 그럼
이따 봐."

Y와 데이트를 시작한 지 얼마 되지 않았을 때의 일이다. 맨 처

음 섹스라는 것을 떠올려보면 민망하다. 설레는 자극들은 고스란히 취기에 바쳐버리고, 과장된 몸짓과 일본 AV배우 같은 괴성을 모텔방 한가득 채워 넣다 새벽을 맞이했다. 알코올에 수장당한 첫날밤이 못내 아쉬웠지만, 시작이 그래서였는지 만나면 으레 한 잔 두 잔 술잔을 채우기 바빴다. 나는 퇴근이 두 시간쯤 늦어진다는 거짓말까지 하고선 빛의 속도로 집에 들러 향기가 가장 좋은 바디샴푸로 샤워를 하고 속옷까지 세트로 맞춰 갈아입은 뒤 종로로 향했다. Y의 예상대로 그런 식의 만남은 생각보다 긴장감이 있었다.

콩닥거리는 심장소리가 내 귓구멍을 통해 스피커처럼 뿜어져 나와 모텔 엘리베이터 안을 채울 것만 같았다. 방안에 들어가자 Y는 서서히 분위기를 잡기 시작했는데, 맙소사. 블라우스는커녕 스타킹 한 짝도 벗지 않는데 온몸이 굳어오는 게 아닌가! 그동안 Y와 둘이 나눈 음담패설만 모아도 '야설사이트'를 육 개월은 운영하고도 남을 텐데. 게다가 이 남자랑 처음도 아니잖아? 머릿속엔 온갖 생각이 떠돌고, 그러느라 주저하는 몸짓을 금방 들키고 말았다. 기껏 하고 나온 샤워가 무색하게 가슴골 사이로 땀이 삐질삐질 흐르고 있다. 이쯤 되자 몸이 돌처럼 굳어가고, 머릿속은 백지가 되어버렸다. 이날의 섹스는 하나도 섹시하지 않았다.

모텔 방에 마주앉아 맨정신으로 마주보는 Y의 얼굴이 마치 낮잠을 퍼질러 자던 도중 들이닥친 택배아저씨의 얼굴만큼이나 낯설고 불편해 미칠 것만 같았다. 그랬다. 범인은 바로 '맨정신'이었다. 어느 대학 축제 무대에 올라 '나는 맨정신이 싫어' 이 한 마디와 함께 캔맥주를 뜯어 원샷으로 털어 넣었다던 전인권의 기분을 그제야 알 것 같았다. 나는 침대 위의 전인권이었다.

우리는 모텔에서 나와 종로3가 길거리 포장마차 떡볶이를 이쑤시개로 야무지게 콕콕 집어 입속으로 쑤셔 넣었다. Y는 싸구려 냅킨으로 내 콧잔등에 송골송골 맺힌 땀을 닦아주며 다정을 떨었지만, 나는 그때까지의 인생을 통틀어 최악의 섹스 부문 일 위에 등극하고도 남을 이날의 어처구니없는 섹스에 대해 복기하느라 아무것도 느낄 수가 없었다. 참으로 이상한 일이다.

나는 술 마시고 하는 섹스를 별로 좋아하지 않는다. 적당한 취기는 섹스에 어느 정도 도움이 될 수 있지만, 정신은 놓지 않되 옷은 훌훌 벗어버릴 수 있는 그 적당한 음주량이란 걸 측정하기란 쉽지가 않다. 그래서 술의 힘을 빌려 시작된 대부분의 섹스는 최악의 경우 희미한 행위의 기억만을 남긴 채 방바닥에 널브러진 옷가지들의 무정부적 상태만을 확인하는 것으로 끝나고 만다. 그것도 깨질 듯한 두통이나 숙취와 함께. 그런 이유로 이기지도 못할 술을 들입다 시켜놓고, 차가 끊길 때까지 뭉개고 앉아 있다가 '너랑 나랑 택시비를 합치면 방값'이라는 시답잖은 영화 대사나 따라 하고, 술 깰 때까지 잠시 쉬었다 가자느니, 손만 잡겠다느니 하는 뻔하고 후진 뻥을 치는 이 모든 과정들은 제발 이제는 좀 생략했으면 싶었다. 그랬던 내가 드디어 맞이한 '맨정신 섹스' 내내, 모텔 들어오기 전에 편의점에서 맥주라도 한 캔 구겨 넣고 올 걸 하는 후회를 한 것이다.

오랜 섹스를 나눈 연인 사이라면 아침 댓바람부터 밥상을 물리고도 남겠지만, 솔직히 그런 사이의 섹스란 마치 금슬 좋은 부부의 섹스처럼 설렘이나 자극보다는 편안함이나 어쩌면 식상함 같은 무언가가 있을지도 모르겠다. 그러니 연애 초반의 설렘과 자극을 알코올에 바쳐버리는 건 너무 아까운 일이다. 물론 그 안타까움도 맨정신이 주는 '뻘쭘함'이라는 괴물 앞에서 무릎을 꿇고 만다. 그래서 나는 아직도 약간의 알코올을 섭취한 후에라야 옷을 벗을 수 있고, 첫 섹스 이후 몇 차례까지는 술기운 없이 조금 힘들다. 부끄러움인지 뭔지 알 수 없는 긴장감에 섹스 자체를 즐길 수가 없는 것이다. 불을 끄면 보이는 것도 아니고, 서로를 알

만큼 아는 사이인데도 불구하고, 대체 이유가 뭘까? 그냥 하면

안 될까.

종로 포장마차 떡볶이와
국산 캔맥주

도시의 먼지를 고스란히 끼얹은 길거리 음식을 좋아하지 않는다.

그런데 이것도 맨정신일 때 이야기고.

PMS가 억울한 서른의 여자

나는 아마 성조숙증이었던 것 같다.

몸에 굴곡이 일찍 생긴 것으로 보나,
남들보다 머리 하나는 족히 크던 키가 중1 때 멈춰버린 것으로 보
나, 중2 때 고2라고 속이고 나간 단체미팅에서 아무도 의심하지
않았던 것으로 보나, 여러 정황으로 추측건대 틀림없다. 그렇지
만 성조숙증이라는 단어도 성인이 되어서야 알게 되었을 뿐 아니
라, 조숙을 넘어 이미 노화에 접어들고 있는 마당에 이제와 그 증
상이 어떠한 작용이나 부작용을 동반하는지 크게 관심이 있는 건

아니다. 다만 두고두고 안타까운 사실 하나. 생리를 너무 일찍 시작했다는 거다.

한 달이면 일주일을 꼬박, 잠을 잔다고 쉬는 것도 아니고 목욕탕에 가고 싶다고 봐주는 것도 아닌, 24시간 동안 간헐적으로 피를 흘린다는 것. 그래서 땀이 나거나 말거나 '기저귀'를 차야 한다는 사실은 노상 누워서 도리질을 하는 아기들에게도 달갑지 않은 상황일 텐데, 한창 뛰면서 고무줄놀이나 할 나이에는 더욱 감당하기 싫은 불편함, 그 자체였다.

나는 열한 살에 생리를 시작했다. 하루 이틀쯤 배가 싸르르 아프던 증상도 중학생이 되자 차원이 다르게 심해져, 배만 아프던 것이 허리까지 아프고, 허리만 아프던 것이 어지럼증에 구토까지 동반됐다. 심지어 고등학교 때는 등굣길에 길바닥에서 기절을 해버리는 사건이 발생하고 말았다. 생리통을 앓아본 여자들은 알 것이다. 눕지도 서지도 못할 고통에 문고리를 잡고 울면서 여자로 태어난 삶을 저주하는 심정을 말이다.

나는 체육시간만 되면 펄펄 날아다니면서, 한 손으로 배구공을 잡고 휘휘 돌리고 수비를 볼 땐 항상 마지막까지 남아 어떤 각도에서도 날아오는 공을 모두 받아내는 '피구왕'이었다. 창백한 얼굴의 긴 생머리를 하고 병약한 몰골로 닉업이 구르는 걸 보며 콜록거리는 그런 타입이 절대 아니었단 말이다. '짬뽕'이라고 불렀던 고무공 야구를 즐기고, '말뚝박기'를 위해 체육수업이 없는 날도 체육복 바지를 갖고 다니던 내가 유독 그날만 되면 약 먹은 병아리처럼 빌빌거리니 이상할 법도 한데, 엄마는 "네가 날 닮아서 생리통이 심하구나"라는 말로 생리통=유전=운명이라는 그릇된 정보를 심어주고 말았다. 그렇게 엄마의 말대로 생리통은 여자라면 의례 한 달에 한 번씩 반드시 겪어야 할 업보 같은 것으로 여기며 스무 살이 되었다.

헌데 주변 사람들의 예상과는 다르게 입시 스트레스에서 벗어나 대학생이 되었는데도 생리통은 나아질 기미가 없었다. 게다가 스물다섯 때쯤엔가 생로병사를 논하는 텔레비전 프로그램을 우연히 보고 우리 엄마와 친구의 어머니들이 했던 말과는 다르게 생리통은 당연한 것이 아니라, 건강한 여자에게는 거의 없는 것이라는 사실을 알고 충격에 휩싸였다.

텔레비전 시청을 마친 나는 대학을 졸업하고, 첫 직장을 잡고, 이제 나도 내 앞가림을 할 성인 여자가 된 것 같으니 부인과 진단을 받겠다고 결심했다. 일단은 산부인과에 찾아가 초음파 내시경을 받았다. 검진기를 아랫배에 싹싹 문지르며 건강하고 쌩쌩한 내 자궁을 확인한 뒤 안심하고, 그 길로 한의원으로 가서 진맥을 받은 뒤 내 생에 처음이자 마지막 보약을 지어먹었다. 삼 개월 간 몸을 모신 결과 놀랍게도 생리통이 거의 사라졌다. 그로부터 지금까지 길바닥에 주저앉는다든지, 일상생활이 불가능할 정도의 생리통증은 사라졌다. 텔레비전에서 본 대로 과로나 야근 등 특별한 스트레스가 없다면 두려움 없이 '그날'을 보낼 수 있게 된 것이다. 한 달에 일주일씩 평생이면 대체 얼마나 오랜 기간이란 말인가. 나는 약간의 뼁을 보태서 인생을 보너스 받은 느낌이었다. 그러나 그날만 되면 동반하는 여러 증상들이 완전히 사라진 건 아니었다.

이상한 일은 여기서부터 시작한다. 나는 초경을 일찍 시작해서 늦어도 될 고생을 진즉 시작했고, 그것도 무척 심해서 혹독한 십대를 보내고 스물이 넘어서야 간신히 증상이 완화되었다. 하지만 생리란 자연스럽게 몸에 일어나는 현상인 관계로, 어제까진 아무렇지 않던 몸에서 느닷없이 피를 흘리는 식으로 뜬금없이 등장하지 않는다. 며칠 전부터 가슴이 뭉치고, 그래서 좀 커졌다고 오해를 받기도 하고, 누가 건드리면 아프고, 눈 밑도 검어지고, 피부도 거칠어지고, 몸이 부어 살찐 기분도 들고, 눈으로는 볼 수 없지만 느낌으로 확실히 알 수 있는 징후들도 나타난다. 스트레스, 짜증, 예민함, 사기저하, 우울, 기타 등등 결코 유쾌하지 않은 감정들을 동반한다. 특히 이 생리전증후군PMS이 기분 나쁜 이유는 당장 임신 계획이 없는 여성이라면 안 하는 게 더 걱정인 생리를 하면서 그거 하나 의연하게 받아들이지 못하고 일상이 힘들어진 다는 데에, 그리고 그것이 귀신같은 주기로 영원히 안 끝날 것처럼 찾아온다는 데에 있는 것이다.

그래서 당연한 질문을 해본다. 사람이 몸이 아프면 기분이 어떨까? 예민함, 짜증, 우울, 무기력 중 어느 하나라도 반드시 나타날 것이다. 내 몸이 골골대기 시작하는데 어느 '또라이'가 심신을 완벽하게 분리해서, 나는 지금 이틀째 설사에 이제 막 혈변이 나오기 시작하지만 기분은 전혀 나쁘지 않아, 하느냐 말이다. 감기몸살이 된통 걸린 아빠도, 생선을 먹다 가시가 목구멍에 걸린 할머니도, 목욕하다 귀에 물이 들어간 막내 동생도, 눈에 다래끼가 난 엄마도 모두가 예외 없을 것이다. 그 상황이 힘들고, 일상에 지장을 주어 신경 쓰이고, 우울하고, 화도 날 것이다. 그런데 왜? 내 나이가 서른이 넘었다는 이유만으로 이십 년간 앓아온 PMS가 시집 못 간 서른 여자의 히스테리 증상으로 오해받아야 하는 거야?

안색이 왜 그러냐, 다크서클이 발목까지 내려가겠다, 여기서 한술 더 떠서 나이는 역시 못 속이는 구나,로 끝나는 날엔 정말이지 PMS를 앓고 있는 여자에게 살해당한 사건의 피해자로 만들어 뉴스에 나오게 해주고 싶은 살기가 올라오기도 한다. 평소 내 호랑이 같은 성정을 아는 사람들이야 그런 시답잖은 농담 같은 건 던질 생각도 않지만, 진짜 열받는 부분은 걱정하는 양 늘어놓는 그런 말들이다. 십 대, 이십 대에는 가족과 주위 사람들의 걱정과 안쓰러움을 받던 증상이 서른이 넘고 나니 어째서 시집 못 간 여자의 딱하고 답답한 울화증세로 탈바꿈하는 거야?

알아서 잘 견디다 둘째 날 아스피린이라도 까먹는 날엔 맘씨 좋은 유부녀 팀장님과 과장님들로부터 시집갈 때가 되었는데 안 가고 있으니 아프다는 걱정을 듣는 것을 시작으로, 빨리 시집을 가서 애를 낳으라는 처방까지 받아야 한다. 이십 년간 간직해온 PMS가 왜 내 나이 서른과 함께 시집을 못가서 해결이 안 나는 병으로 둔갑해 버리는 걸까. 나는 이십 년째 증상이 똑같다니까?

PMS와 결혼 사이에 어떤 과학적인 상관관계가 있는지는 잘 모르겠다. 원만한 성생활과 관련이 있다고 가정해도, 역시 모르겠다. 분명한 점은 J과장님보다 내 쪽의 성생활이 훨씬 원만하다는

걸 과장님은 모르고 나만 안다는 거다. 그렇다면 꼭 남녀 간의 피

지컬한 생화학작용이 아닌 어떤, 멀더와 스컬리적 결합이 PMS를

낮게 한다는 걸까?

　잠깐, 그거 없애자고 지금 결혼을 하라는 말이야? 나 이십 년

째 한 달에 일주일씩 잘 견뎌왔다니까?

옛날빈대떡과
장수 생막걸리

직장 내 맘씨 좋은 워킹맘들과 대화

 # 점심시간

"남자친구 있어?"

"아뇨."

"빨리 만나서 결혼해야지, 나이가 몇인데."

"남자친구 있어?"

"예."

"그런데 왜 결혼을 안 해?"

 # 회식 2차

"결혼하지 마. 여자가 능력 있으면
혼자 사는 거지 요샌 결혼 안 해도 돼."

 # 다음날

"남자친구 있어?"

"아뇨."

"빨리 만나서 결혼해야지, 나이가 몇인데."

"남자친구 있어?"

"예."

"그런데 왜 결혼을 안 해?"

무한반복.

4

기
억
상
실
酒

짝통 블라우스

스무 살 때 나는 그게 명품 로고의 '짝통'인지도 모르고, 엄마가 동네 시장 보세옷 가게에서 사다 준 옷을 입고 학교에 간 적이 있었다. 강의실에 앉아 있자니 우리 과 여자애들이 피식대는 소리가 내 귀에까지 다 들렸다. 미친 년들 왜 저러냐, 하고 속으로 욕을 했는데, 엿듣다가 얼굴이 잠시 붉어졌다. 나는 그 블라우스를 좋아했지만 다시는 입지 않았다.

자기연민을 무척 싫어한다. 그래서 스무 살의 나를 생각하면 자꾸 안쓰러운 마음이 들어 그 시절을 아예 떠올리지 않는다. 그리고 결국 거의 기억이 나지 않게 되어 지금은 내가 대학을 나왔는지조차 희미하다. 꽤나 괴로웠다. 내 짧은 생을 통틀어 고등학교 입학부터 대학 졸업까지가 참 그랬다.

교수님 방을 찾아다니며 빌고 또 빌어서 주간에서 야간까지 꽉 차는 시간표를 만들었다. 그렇게 월요일 아침부터 목요일 밤까지 학교 수업을 듣고, 금토일요일에는 생활비를 벌었다. 방학 때는 한 달에 하루를 쉬면서, 아침부터 밤까지 백화점 매장에 서서 아르바이트를 했다. 일당 사만 원이 육만 원으로 오르는 동안 나는 종아리에 하지정맥류를 얻었다. 방학이면 배낭여행이란 걸 한 번 가보고 싶었지만 엄두를 내지 못했다. 휴학을 하고 다녀오는 어학연수 같은 건 부럽지도 않았다. 아예 다른 세상 이야기였다. 난 기억하지 못했는데, 그때 사귀던 남자애가 나중에 말해주었다. 언젠가 생일 선물로 뭐가 갖고 싶냐고 물었을 때 내 대답이 하도 기막혀 잊지를 못한다고 했다. "야, 선물은 무슨 선물이야, 현금으로 삼만 원만 줘 봐. 그걸로 우리 소수 사먹자, 나 소주 먹고 싶어."

그렇게 기를 쓰고 살았지만, 학자금 대출은 취업을 하고도 이

년이 지난 후에나 모두 갚을 수 있었다. 그래도 그 알량한 졸업장으로 밥 벌어먹고 살았다 자위하고 싶지만, 이제 와 생각해보니 그럴 수도 있고, 아닐 수도 있다. 분명한 것은 정말 하고 싶은 공부가 아니라면 대학을 가지 않아도 괜찮다고 열아홉의 내게 말해주고 싶다.

어릴 땐 나도 꿈이 있었을 텐데, 도무지 기억이 나질 않는다. 그림을 그리거나 노래를 부르거나 글을 쓰고 싶어 하는 마음은 취미란에 갇혀 영영 나오질 못했고, IMF금융 위기로 인해 언니 오빠들이 백수 신세를 면치 못하고 아빠들은 직장에서 잘려나간다는 뉴스만 왕왕 나오던 시절 여고생의 꿈은 응당 취업 잘 되는 학과로의 진학이었다. 일단 수능을 잘 봐야 했고, 가나다라 네 개의 군 안에 있는 학교 중 취업률이 높은 과를 골라야만 했다. 그렇게 스무 살짜리 인생의 방향이 지금까지 '스카이'를 몇 명 보냈더라는 고3 담임선생님에 의해 결정된 것이다.

당연하지만 방향을 한 번 정했다고 해서, 그 길로 직진만 하는 것은 아니다. 인생을 일컬어 '길'이라고 하는 이유도 다 그 때문이다. 가다 보면 인터체인지도 나오고, 사거리도 나오고, 핸들을 꺾을 일은 얼마든지 있다. 하지만 좀 더 일찍 내 손에 핸들이 쥐어졌다면 어땠을까 하는 생각을 한다. 세상의 관성대로 생애 첫 진로가 정해진 나는 이후에도 그 습관에 따라 움직였다. 내가 잘 할 수 있는 것들을 선택했다고 믿었지만, 돌아보면 연봉과 회사의 주소지를 따지기 이전에 백지 상태의 나에게 너는 무엇이 되고 싶고 어디로 가고 싶냐는 질문을 한 번도 하지 않았던 것이다.

내 손에 핸들이 쥐어졌을 때는 거의 서른이 되었을 무렵인데, 운전 미숙으로 보기 좋게 미끄러지고 접촉사고도 내고 유턴도 몇 번을 했는지 모른다. 라이트에만 의지한 채 껌껌한 비포장도로를 달려왔더니만 길이 없다는 표지판을 만나기도 하고, 예전에 잘못 들었던 길을 깜빡하고 또 들어갔다가 낭패를 보기도 했다. 장롱면허를 가진 사람이 길치일 때 겪을 수 있는 모든 시행착오들이 기다렸다는 듯 서른의 내게 쏟아졌다. 스무 살부터 핸들을 잡기 시작했다면 지금쯤 운전 경력 십 년의 베테랑이 되었을 텐데. 나는 지금 무얼 하고 있나, 자책감과 창피함에 엉망진창이 된 기분으로 한강 둔치에 차를 세워두고 엉엉 우느라 허송세월을 하기도 했다.

분명한 것은 그렇게 서른 넘어 스무 살에 했으면 더 좋았을 일들을 지나고 나니, 이제라도 겪어서 다행이라는 깨달음이 왔다. 물론 서른까지 홀린 듯이 살다가 마흔에 핸들을 처음 잡아 그때부터 길을 헤매기 시작한다면, 그것도 괜찮다. 핸들 한번 못 잡아보고 늙어 죽는 것보다는 훨씬 근사한 생이 될 거라고 생각한다. 고3 때 담임선생님의 예상처럼 고속도로에 몸을 싣고 100킬로미터가 넘는 속력을 내는 생은 되지 못했지만, 남들이 뭐라 건 내 마음에 들면 브랜드가 있건 없건 상관없는 옷을 골라 입고, 기분 좋게 이 길 저 길 가고 싶은 대로 핸들을 돌리며 사는 지금이 그런대로 괜찮다.

소고기 타다키와
호세쿠엘보

데킬라를 마시면 무조건이었다. 정신을 잃었다.

목구멍에 샷 잔을 털어 넣고 손등에 소금을 찍고 혀로 핥으면 '뿅'가는 기분이었다.

하지만 정신을 잃었다. 그래서 졸업 이후 거의 안 먹게 된 술.

나의 아름다운 정원

　　　　　　　　　　　　　内게도 할머니가 있었다. 나는 할머
니를 진심으로 좋아해 본 적이 단 한
번도 없었는데, 할머니가 돌아가실 때 눈물을 흘린 것은 순전히
돌아가시기 직전의 그 쪼글쪼글한 몸뚱이 때문이었다. 온몸 구석
구석 암세포가 퍼지는 바람에 고집불통의 드센 기운이 다 떠밀려
나간 듯 반의반으로 쪼그라든 할머니는 죽기 직전 삼십 년 가까이
미워하던 나의 엄마를 향해 미안했다, 한마디를 남겼다. 나는 오
히려 그 말을 듣는 순간 눈물이 다시 들어가는 기분이었다.

대충 기억할 수 있는 어린 시절부터 줄곧 나는 할머니를 미워했다. 할머니의 주장은 그랬다. 첫 딸은 살림 밑천이지만, 둘째 딸은 아무 짝에도 소용이 없다. 그렇게 내가 아들이 아니라는 이유로 나의 탄생은 곧 엄마를 향한 핍박이 되었고, 고추는 어디 두고 나왔느냐며 학교에 들어갈 나이가 되도록 나를 보고 혀를 끌끌 차던 할머니를 나는 두고두고 미워했다. 큰아버지와 작은아버지네 아들들, 나보다 하나 잘난 것도 없이 그냥 고추만 달렸을 뿐인 그 코찔찔이 녀석들의 밥상에 올라앉은 쫄깃한 아롱사태 장조림과 그 옆에 나란한 언니와 내 밥상에 올라앉은 장조림 국물에 메추리알을 담은 작은 종지를, 나는 지금도 그림으로 그리라면 그릴 수 있다. 당시 교회 다니기에 몰두했던 엄마가 기절초풍할 것을 알면서, 나를 이집 저집 굿판에 데리고 다니며 일부러 내 손에 알록달록한 옥춘을 들려 보내던 일도 기억한다. 아들을 못 낳는 것도 나의 엄마가 재수가 없기 때문이었고, 아빠의 사업이 망한 것도 엄마가 재수가 없기 때문이었다. 하다못해 언니나 내가 씹다 뱉은 음식을 다시 먹지 않는 것도 엄마가 유난스럽고 까탈 맞은 서울깍쟁이라서, 한마디로 재수가 없기 때문이라고 했다. 나는 엄마만큼 사랑이 넘치고 따뜻한 사람은 세상에 둘도 없다고 믿었는데, 똑똑하고 예쁜 엄마를 남들에게 욕하고 다니다니. 힐미니는 자연스럽게 내게 증오의 대상이 되었다.

엄마를 예뻐하던 할아버지가 돌아가신 뒤부터, 아빠가 재기에 성공하지 못하고 계속해서 지난한 삶을 이어가면서부터, 엄마를 향한 할머니의 미움은 심해졌다. 하지만 엄마는 호락호락하지도, 그렇다고 대들지도 않으면서 이를 악물고 살림을 해냈다. 어찌 보면 할머니는 자신의 구닥다리 방식이 더는 부엌에서 통하지 않는 것이 분해서 머리를 싸매고 누워 끙끙거렸을지도 모른다. 엄마와 할머니의 기싸움은 내가 국민학교에서 중학교를 거쳐 고등학교에 들어갈 때까지 쭉 이어졌다. 서로에게 적응을 했나보다 싶은 날이 오다가도, 더 나빠졌구나 싶은 날이 오고, 그렇게 이십 년이 넘게 이어졌다. 나는 머리가 조금 커지자 할머니한테 대놓고 싫은 내색을 했으며, 부당하다 싶은 일에는 조목조목 따지고 들었다. 그러나 거기서 머리가 좀 더 커졌을 때는 한 귀로 듣고 한 귀로 흘리며 속으로는 불쌍한 노인네, 하고 할머니를 무시했다. 내가 대학에 들어가던 해에 받은 세뱃돈은 중학교에 들어가는 사촌 남자아이보다 적었고, 그 해의 덕담은 적당한 남자를 만나서 시집갈 생각이나 해라, 였으니 아무리 옛날에 태어났다지만 현재를 살고 있는데 자기 혼자만 꼼짝없이 멈춰버린 세상에서 살 수 있을까 싶어 할머니라는 존재 자체가 신기하기까지 했다.

할머니를 가족 구성원이 아니라 탑골공원에 모인 수많은 노인들 중 하나로 받아들이기 시작하면서부터 내 마음은 조금 편안해졌다. 그러나 미움이 완전히 가신 것은 아니었다. 남처럼 잊고 살다가도 이따금 찾아오는 집안 대소사로 인해 할머니의 존재가 상기될 때마다, 남존여비에 사로잡혀 나의 귀에 고문 같은 말을 쏟아내는 할머니를 향해 쏘아붙이고 싶은 마음을 억누르기가 힘들었다. 가족을 욕하는 것, 특히 윗사람의 부족한 점을 말하는 것은 결국 내 얼굴에 침 뱉기가 되는 것을 잘 알지만, 객관적이고 침착하게 떠올려 봐도 나의 할머니는 타인에게 모범이 될 만한 구석이 없었다.

그는 경륜도 연륜도 지혜도 없이 그저 그렇게 늙은 흔한 사람에 불과했다. 그런 할머니가 돌아가시기 직전, 아들이라며 한평생을 떠받들어 주었지만 무엇 하나 소용이 없던 큰집과 작은집에서 홀대를 당하고 그래도 이른으로 모셔주는 엄마에게 찾아와 이런 저런 하소연을 할 때는 그나마 봐줄만했던 꼬장꼬장한 고집마저 꺾인, 불쌍한 패잔병 같은 모습이 정말 싫었다. 난 엄마도 나만큼이나, 아니 나보다 더 할머니를 미워했으리라 생각했다. 그런데 할머니의 죽음이 정리된 후 엄마에게서 들은 이야기는 좀 달랐다.

"너희 둘이 자매지만 얼마나 성격이 다른 줄 아니? 떼쟁이 울보였던 너는 밥상 옆에 드러누워서 장조림 먹고 싶다고 울고불고 난리를 쳤지만, 언니는 집으로 전화를 했잖아. 여기 못 있겠으니까 엄마더러 데리러 오라고. 그래 봤자 네 언니도 국민학생이었는데 정말 당돌했지." 엄마는 웃었지만 나는 30년 가까이 지난 그 일에 대해 여전히 웃을 마음이 없다고 말했다. "엄마가 언니를 가졌을 때도 마당에 솜이불 던져놓고 밟아서 빨라고 시켰다며. 난 그런 일을 당하면 죽을 때까지 안 까먹고 미워할 거야. 죽어서도 미워하고 환생해서도 미워할 거야." 엄마는 또 웃었다. "애, 옛날에 그 정도는 시집살이도 아니야. 다 그런 거다. 엄마도 어지간히 대들었지, 그 시절 며느리답지 않게. 하루 한 시간은 혼자 다방에 가서 커피를 마셔야 하는구나, 손톱에 뻘겋게 퍼렇게 칠도 해야 하는구나, 식은 밥은 안 먹는구나, 쟤는 신식 며느리다……. 나중엔 네 할머니도 그렇게 생각하셨대."

엄마는 어떻게 웃음이 나올까? 내 기억 속 할머니는 언제나 엉덩이를 덮는 까만 모피코트를 입고 목에는 노란 여우가 머리부터 꼬리까지 온전하게 달린 목도리를 두르고 있었다. 단정하게 쪽진 머리에 은비녀를 꽂고 작고 다부진 체구는 지팡이를 짚는 일 없이 꼿꼿했다. 누가 보아도 고작 장조림 국물로 손주를 차별할 것 같아 보이지 않는 부잣집 마나님의 모습이었다. 하지만 할머니는 내가 탄생하고 그가 죽을 때까지 시종일관 치사한 사람이었다. 아니 그 이전부터였을 것이다. 할머니는 내가 만나본 중 가장 지독한 남아선호사상을 가진 여성이었다. 그러니 엄마가 애증의 감정으로 정리하기에는 무시할 수 없을 크기의 마음을 할머니에게 내비쳤을 때 나는 적잖이 당황할 수밖에 없었다. 할머니의 죽음 때문이었을까. 내가 생각했던 것과는 다르게 엄마는 할머니에게 정이 들어 있었다. 엄마는 그 징글맞은 생 안에서도 정을 느꼈나 보다. 나는 지금도 모를, 죽었다 깨어나도 모를, 그런 감정을 말이다.

소설 『나의 아름다운 정원』을 보면서 이렇게 한참이나 덜 자란 나는 주인공 동구의 이야기를 듣다 말고 자꾸만 눈시울이 알큰해져 책을 덮고 싶어졌다. 동구의 할머니와 아버지가 얼마나 더 미워질까 두려워서 읽기가 겁이 났고, 어린 동구의 어깨 위에 지워진 짐이 꼭 나의 등짝에 올라앉은 것처럼 어깨가 짓눌리는 기분이었다. 그런데 동구는 얼마나 착하고 어른스럽던지, 딱하게 보는 나의 눈길이 무안하게 씩씩한 걸음으로 한 살 한 살 걷고 있었다. 텔레비전에 왕왕 소개되는, 어려운 가정환경 때문에 나이보다 훌쩍 커버린 애어른들을 마주할 때면 느껴지던 미안함과 부끄러움, 조금의 안타까움이 뒤섞여 어쩔 줄 모르는 바로 그 기분이었다. 책을 읽는 내내 그랬다. 주제넘게 동구의 머리를 쓰다듬어주고 싶다가도 내 까짓 게 무슨 할 말이 있을까 싶어 손을 거두어들이는 그런 머쓱함이었다.

나는 아직까지도 할머니에서 아버지로 내려오는 혈육에 대해 입 밖으로 내뱉기 힘든 감정을 지니고 있다. 여전히 동구보다 심한 성장통을 앓고 있다. 언제쯤이면 미움과 사랑, 고집과 이해, 가난과 따듯함, 그러니까 일상과 사람들을 엮어주는 그런 평범한 것들 속의 유난스러움을 껴안을 수 있을까. 아홉 살에서 열 살이 되며 자라난 동구의 키만큼이나, 내가 자라려면 훨씬 더 많은 세월이 필요할지 모르겠다.

간장새우장과
모히토 하이볼

어릴 때 최고의 밥반찬이던 것들이 나이가 늘어감에 따라 훌륭한 술안주가 되어 간다.

그렇게 밥이 술이고, 술이 밥이고.

여우의 달콤한 포도

"이제 개 안 키우세요?"

"네, 사람이 필요 없을까 봐서요. 친구도 사귀고 애인도 만들고 그런 다음에 키우려고요."

노숙자였던 주인공은 구청에서 반려견 쭈쭈를 분양받아 이런 저런 일들을 겪으며 서서히 세상을 향해 닫혔던 마음의 문을 연다. 그저 종일 벤치에 누워만 있던 그가 쭈쭈가 물어온 테니스공을 던지면서 몸을 움직여 쭈쭈와 놀고, 오랜만에 땀을 흘리고, 그래서 몸을 씻고, 수북했던 수염도 깎고, 구걸해서 모은 돈으로 산

빵을 쭈쭈와 나눠 먹고, 잠깐 동안 잃어버린 쭈쭈를 찾아 거리를 헤매고 눈물을 흘리다가 쭈쭈와 함께 지낼 작은 월세 방이라도 구하려고 다시 일을 시작하는 이야기. 하지만 병에 걸린 쭈쭈는 이미 온 몸에 종양이 퍼진 상태여서 세상을 떠나게 되고 다시 혼자가 된 그는 이제 개를 안 키우느냐는 구청 직원의 질문에 이렇게 대답한다. 개가 있으면 사람이 필요 없을까 봐서, 사람을 먼저 사귀고 나서 개를 키우려고 한다고. 동물권 보호 영화 〈미안해, 고마워〉 중의 한 에피소드다.

사람이 먹고 자고 싸는 것만으로는 살 수 없다는 것은, 먹고 살기도 힘든데 돈 들여 개를 왜 키우냐, 골치 아픈 길고양이들한테 밥은 왜 주냐는 말을 하는 사람들 스스로가 먹고 자고 싸는 것 이외의 다른 삶에 대한 감각이 마비되어 있다는 것으로 증명하고 있는 것 아닌가 싶다. 이렇게 감히 말하고 싶다. 함께 사는 법을 모르고 다른 존재를 파괴해야만 존립 가능하다는 면에서 인간은 동식물, 하다못해 흙이나 강물보다도 하등한 존재라고. 그러나 유일하게 인간이 만물의 영장일 수 있게 하는 점이 바로 나 이외의 다른 생명을 보고 감탄하고, 사랑하고, 기뻐하며, 슬퍼할 수 있다는 것이라고. 단지 그 차이일 뿐이라고 생각한다.

여행을 다니며 아름다운 산과 바다와 하늘을 보고 감동히고 맛 있는 음식을 먹으면서 행복감을 느끼는 것, 이런 게 전부 내가 살 아있음을 느끼고 스스로의 삶이 가치 있다고 여기기 위함 아닌 가? 가꾸던 화초에 꽃이 피는 순간, 기르는 동물의 따뜻한 털을 쓰다듬을 때의 편안함, 이런 것들은 내 주머니 사정이 여유롭지 못하다고 해도 다른 욕망과 필요를 줄여가면서라도 기꺼이 경험 하고 싶은 강렬한 것들이다. 인간의 심리에 대해 공부한 적이 없 어 잘 알지는 못하지만, 지금까지 짧은 생을 살아오면서 유일하게 깨달은 점이 바로 이거다. 인간이란 타자의 욕망을 욕망한다는 라 캉의 말보다 더 확신이 드는 것, 바로 그 욕망은 개수로 세어질 때 보다 가늠하기 힘든 구체적이고 유일한 나만의 경험일 때라야 훨 씬 더 강렬하다는 것 말이다. 그래서 인생의 행복은 리스트 업에 있는 것이 아니라, 구체적인 장면에 들어 있다고 여긴다.

연봉, 아파트 평수, 고급 승용차, 명품백과 골프채, 이러한 수 치들을 넘버링 하는 것으로 느끼는 행복감도 물론 행복이다. 여기 에 절대적 빈곤보다 우위 하는 상대적 박탈감이 더해지면 사람들 은 숫자가 주는 행복감에 더 쉽게 빠져들고, 이를 점점 탐닉한다. 다만 돈을 지불하고 내 것이 되는 순간이 지난 뒤 지속되는 행복감은 생각보다 길지 않다는 것. 마치 엄청난 재력가가 고가의 자동차들을 끝없이 사들이며 두어 번 타고난 뒤 차고에 넣어두는 것과 같을. 소유와 동시에 소멸되는 행복감은 또 다른 숫자를 찾게 만들고, 마음의 공허함은 더 큰 구멍을 남기기 마련이다. 하지만 구체적인 장소와 대상 그리고 그 대상과 나누던 교감과 그때의 온도와 밝기와 들리던 소리와 주위의 공기까지도, 이런 것들은 되짚으면 되짚을수록 사람의 마음을 달뜨게 만들지 않는가. 시간이 흐를수록 사라지는 것이 아니라, 나이가 들수록 더욱 선명해지는 행복했던 경험 말이다. 여우의 신포도처럼 들리겠지만, 바로 이것이 소유한 숫자만 많고 마음은 한없이 가난한 사람들은 먹어보지 못한 달콤한 포도라고 생각한다.

초콜릿과
레드와인

산꼭대기에 올라 해발 몇 미터라고 새겨진 바위에 한 손을 짚고 발아래를 내려다본다. 굉음을 내며 이

륙한 비행기에서 이윽고 안전벨트를 풀어도 좋다는 안내방송이 나올 즈음, 둥근 창에 코를 박고 내다

본다. 그렇게 높은 곳에서 내려다보는 세상이 나를 낮아지게 한다. 아무것도 아니구나, 나는 사소하구

나, 나는 점점이 멀어지는 작은 불빛 중 겨우 하나구나. 소공동 한복판에 우뚝 솟은 빌딩 38층에서 창

밖을 내려다보며, 입에 물고 있던 초콜릿 조각을 와인으로 녹이는 동안 그런 생각을 하며 안심했다.

죽음

어제 새벽 누군가가 죽었다. 집 앞에서 변사체로 발견된 사람의 신원을 확인하기 위해 아침 일찍 엄마는 중부경찰서로 갔다. 그가 누군지 설명하기 위해선 여러 단계를 거쳐야 한다. 엄마의 아버지의 아버지의 남동생의 막내아들의 무엇이라던가. 그를 설명하려 할 때면 항상 중간쯤에서 길을 잃었다. 나는 지금까지도 일촌 이상 가지를 뻗어 나가는 친척에 대한 호칭을 말하는 데에 어려움이 있다. 학습하지 못했기도 하고, 외가 식구들 중 일생을 통틀어 다섯 번 이상 만난 사람이 아무도 없기 때문이다. 어쨌거나 나에게 족보 상 할아버지가 되는 그 남자는, 엄마보다 두 살이 어렸고 엄마의 유년기에는 항상 그 사람이 등장했다. 나팔바지 양복을 입고 라이방 선글라스를 쓴 채 두 손에 선물을 가득 들고 나타나던 그를, 언니와 나는 '젊은 할아버지'라고 불렀다.

아직 꼬마였을 때 엄마는 펄펄 끓는 가마솥을 안고 쓰러져 병원에 입원했다. 그리고 같은 해에 엄마의 엄마는 엄마를 떠났다. 몇 차례 수술을 받고 퇴원했을 때 엄마의 엄마는 이미 집을 떠나고 없었다고 한다. 왼쪽 팔뚝에 손바닥만 한 화상흉터를 갖고 평생을 산 엄마는 얼굴도 기억 못하는 자신의 엄마를 흉터로 기억하며 육십 년을 살았다. 다행히 엄마의 아빠는 부자였다. 일하는 아줌마를 일곱씩이나 두고 백 명이나 되는 공장 식구들에게 아가씨 소리를 들으며 삼시 세끼 같은 반찬을 한 번도 먹지 않을 정도로 공주처럼 자랐지만, 외로웠다. 고등학교를 졸업하도록 엄마는 새엄마와 새엄마가 낳은 동생들과 친해질 수 없었다. 장녀라고 인문계 공부를 시킨다고 유세하는 아버지의 그늘이 싫어, 졸업과 동시에 엄마는 홀로 집을 나왔다. 엄마가 아빠를 만나 결혼하게 되었을 때 엄마는 새 옷을 지어 엄마의 아빠와 새엄마에게 보냈지만 아무도 결혼식에 오지 않았다고 한다. 엄마는 나와 언니가 싸움질을 할 때마다 '나는 부모와 형제의 사랑을 받아본 기억이 없는데, 네년들은 복이 터져서 원수처럼 싸운다'며 회초리를 들었다.

엄마는 부모 대신 할머니 손에 자랐고, 형제 대신 젊은 할아버지와 그의 누나와 어울렸다는 이야기를 종종 들려주었다. 청요리를 먹으며 '빼갈'을 마셨다는 이야긴 항상 빠지지 않았다. 엄마가 공주님이었듯, 젊은 할아버지도 왕자님처럼 자랐다고도 했다. 그리고 몰락한 집안에서 무능력하게 키워진 아이어른들의 말년을 나는 지겹도록 보고 자랐다. 내가 젊은 할아버지를 마지막으로 본 기억은 벌써 십 년 가까이 흘렀지만, 그때도 여전히 엄마와 젊은 할아버지 그리고 그의 누나는 술이 잔뜩 취해서 이백 평이 넘었던 영등포 집과 마을 사람들이 외지로 나가려면 무조건 통과해야 했다던 여주의 젖소 목장 이야길 빼놓지 않았다. 매번 술자리의 마지막에 불려가 엄마를 모시고 와야 했던 나는 대학생이었던 그때까지 전세 사 천이 넘는 집에서 살아본 적이 없었다.

젊은 할아버지는 평생 직업이 없었다. 가진 돈이 다 떨어지자 어느새 나이도 그만큼 들어 있었다. 몇 년 전 누군가의 결혼식에서 젊은 할아버지가 운전 일을 시작했다는 소릴 들었다. 스무 살

때부터 차를 몰고 놀러 다니기만 했으니, 기진 기술이라곤 운전뿐이었을 텐데도 가족들은 놀랐다. 그가 스스로 돈을 번다는 사실 때문이었다. 그리고 다시 몇 년 뒤 아내도 자식도 없는 채로 술에 취해 집 앞에 쓰러지는 것으로 왕자님은 생을 마치고 말았다.

집이 망한 뒤 생사를 위해 저마다 살 궁리를 찾느라, 혹은 몰락하는 서로의 모습이 보기 싫어 데면데면해졌던 식구들은 젊은 할아버지의 죽음 덕에 경찰서에 모두 모였다. 그래봤자 손가락에 꼽을 정도의 사람들이었지만 아무도 울지 않았다고 엄마는 말했다. 나는 김밥천국에서 돈가스를 먹다가 그 이야기를 듣고 조금 울었다. 누구도 그런 식의 죽음을 맞이하지 않기를 바라는 보편적인 마음 그 이상은 아니었다.

마침 그날은 엄마와 언니와 함께 종로에 나가서 영화도 보고, 밥도 먹으며, 엄마의 생일을 축하해주기로 한 날이었고, 이주일 만에 자취방을 떠나 집에 온 날이기도 했다. 이 주 전에 나는 엄마와 크게 다투었고, 같은 문제로 언니와도 다투었다. 전화로 간신히 화해를 한 우리 세 식구가 처음으로 모이는 날이기도 했으며, 내가 처한 상황에 대해 말하고 도움을 청하려고 마음먹고 있던 날이기도 했다. 나는 그때 월급이 나오지 않는 직장에 다니고 있었다. 김밥천국을 나와 목욕탕에 간 나는 때를 밀면서 다시 조금 울었다. 이번엔 젊은 할아버지의, 더 이상 젊지는 않지만 그래도 죽기엔 젊은 그의 죽음에 대해 내가 갖고 있던 복잡한 심경에 대한 미안함의 눈물이었다.

엄마네 식구들은 어떤 식으로든 모두 일찍 죽었다. 육십을 전후로, 모두 죽었다. 그날 그 횟집에서 소주병을 늘어놓은 채 내가 빨리 죽을 것 같으니 너도 조심하라는 엄마의 이야기를 악담으로 흘려듣고, 의학의 발전과 평균 수명을 들먹이며 힐난해봤자, 엄마가 아는 한 자기와 피를 나눈 사람들은 모두 일찍 죽어버렸다는 것은 그녀에게는 사실이었다. 그날 나는 취기가 올라 엄마처럼 죽겠다, 죽겠다 하는 노인네들이 자식 속 썩이면서 팔십, 구십까지 산다는 막말을 했다. 엄마는 혀가 꼬인 목소리로 그런 소리해가면서라도 오래 오래 살고 싶다고 말했다.

짜장면과
대나무 죽통주

중국술의 높은 도수와 특유의 고량 향을 제대로 즐길 줄 몰라, 중국집에 가도 늘 국산 소주를 찾는 편

이지만 이따금 대나무 향이 은은한 죽통주를 시켜보기도 한다. 언젠가 텔레비전에서 탤런트 김창숙 씨

가 나와 여고시절에 몰래 청요릿집에서 빼갈을 마신 이야기를 한 적이 있는데, 나중에 내 딸들(?)에게

나는 어떤 이야기를 하게 될까 생각해보면, 역시 소주가 제일 만만하지 싶다.

실패의 날들

응암시장에서 뼈해장국에 소주를 마
신 날 갑자기 술이 올라 도망치듯 버
스 정류장 앞에 가 섰지만 눈앞에서 막차를 놓치고 말았다. 그렇
게 택시에 앉자마자 거짓말처럼 폭우가 쏟아졌다.

와이퍼가 치우기도 전에 차창에는 물이 쌓여 흘러내렸다. 강바
닥을 걷는 기분이었다. 정수리를 울리는 거대한 물소리가 익명을
보장해줄 것 같은 느낌이 들자 그러지 말았어야 했는데, 나는 전
화를 했고, 울었다.

내가 우리는 헤어졌다고 말했고, 그가 기다리겠다고 이야기한 지 한 달이 넘었거나 넘지 않았을 때다. 알코올과 울증으로 인해 정신이 피폐해지고 신체리듬이 저하되었을 땐 가만히 방에 누워 물을 많이 마시거나 산책을 해야 한다. 나는 버텼고, 견뎠다. 어떤 날은 위태했고, 어떤 날은 괜찮았다. 하지만 그 밤, 그 빗소리를 핑계로 그 통화버튼을 누른 것으로 기다리겠다느니 시간을 갖자느니 그런 말조차 내게 하지 말라고 히스테리를 부리자, 간신이 붙들고 있던 평정심이 한 순간에 무너졌다. 그러지 말았어야 했는데 무너진 평정심을 다시 쌓아올리는 대신 다정함을 구걸하고 싶은 심정이 되어 이튿날 또 물 대신 술을 마셨고, 어느 순간 정신을 놓아버렸다.

놓아버렸다. 욕을 하고 주정을 부리고 모르는 사람에게 시비를 걸고 할 수 있는 모든 추한 모습을, 평생 한 번도 해보지 않은 짓을 내가 했다. 내가 그 사람에게 갖는 미안함은 미안함만으로는 설명 불가한 복잡한 것이었다. 내가 갖는 여러 가지 감정 중 가장 명확한 것은 그는 내가 그렇게 함부로 대해서는 안 되는 사람이라는 것이다. 그렇게 함부로 대해도 될 사람은 사실 없겠지만, 가족도 친구도 아니고 기껏해야 애인일 테지만, 애인은 화라도 낼 수 있을 테다. 화를 낼 수도 없는 거리가 그 사람하고 나 사이에 있었는데도, 나는 마냥 추했다. 알코올과 울증으로 인해 정신이 피폐해지고 신체리듬이 저하되었을 땐 가만히 방에 누워 이마에 접근 금지 경고등을 켰어야 했는데, 그동안 일부러 숨기며 사람들을 대해온 것이 잘못이었다. 들켰을 것이다. 어쨌든 내 이기심에 편법으로 다정함을 구걸하려고 한 것이 가장 큰 잘못이었다. 하지만 내 미안함은 진심이었고, 하루 종일 권총이 있다면 입에 물고 방아쇠를 당기고 싶은 심정이었다. 반대급부적인 심경은 결코 아니었다. 너랑 있으면 그냥 좋았어. 하지만 이대로 끊어져도 할 말이 없다.

지극히 사적인, 사적이고도 사적인 관계, 가령 연애랄지, 연애의 달콤함, 혹은 위태로움, 지지고 볶는 감정의 스파크에 대한 중계를 오롯이 나만의 이야기가 아닌 나와 누군가에 대한 얘기를 다시는 꺼내지 않기로 마음먹었는데, 이로써 그마저도 실패했다. 미안하고, 내가 아닌 모두에게 미안했다. 그렇게 연애가 막을 내리는 동안 인간관계들도 모두 실패하는 구간을 지나고 있었다.

순댓국과
처음처럼

허름한 서울 끄트머리에 용케도 살아남은 재래시장 안에는 분명히 맛은 있지만.

어느 순간 사라져도 특별할 것 없는 식당들이 늘어서 있다.

잡내 없이 구수하게 순댓국을 끓이는 기술은 분명 희소한 것일 텐데.

그 손을 가진 아주머니들은 다 어디로 갔을까.

살기 위한 자살

회사에서 잘린 날, 광화문에서 택시를 타고 망원시장으로 곧장 향했다. 교동족발에 들러 미니족발과 막걸리를 샀다. 자취방 가운데 간신히 소반 크기를 면한 술상을 펼치고 그 앞에 혼자 앉았다. 눈물이 와르르 쏟아질 타이밍인데, 막걸리 반병을 급히 마시고 나니 방바닥에 대짜로 뻗어버렸다. 천장이 뱅글뱅글 도니, 엄마 생각이 났다. 우리 집 늙은 개가 꾸벅꾸벅 졸고 있으면 엄마는 지치지도 않고 늘 같은 잔소리를 졸고 있는 개에 대고 했다. "이 놈아 네가 무슨 고3이라도 되냐. 누가 본다고 눈치를 보고 졸고 있어, 졸리면 퍼질러 자는 게 개 팔자라 좋은 건데!"

그러니 회사에서 잘리고 혼자 돌아온 자취방에서 미니족발에 막걸리 먹다 취해 방바닥에 철푸덕 붙어버린 나를 창피해 말자. 누가 본다고. 나를 보는 건 나뿐인 이런 순간까지 눈치보고 창피해하지 말자, 다시는 그렇게 살지 말자, 다짐을 하니 그제야 눈물이 와르르 쏟아졌다.

도저히 버틸 재간이 없었다. 실패의 날들을 인정하고, 일단은 멈추어야 할 타이밍이 온 것이다. 멈추면 다시 시작할 수 없을까봐, 방향도 모르고 휘적휘적 나아가는 그 동력도 다 되어버린 것이다. 가족들보다 먼저 남자에게 전화를 걸었다. 그 시절 프리랜스로 하던 일들은 죄다 클라이언트에게 돈을 떼어 먹혔고, 구직은 연달아 실패하고 있었다. 남자에게 구조요청을 하듯 말했다. 어디 제주도라도 혼자 다녀오고 싶어. 물리적으로라도 떨어져 있지 않으면 이 공간이 나를 아예 잡아먹을 거 같아 숨이 막혔다. 남자는 인도 행 비행기 표를 끊어주었다. 그로부터 북인도로 떠나는 열흘 후까지 나는 의식을 잃도록 술을 마셔댔던 것 같다. 떠나기 전 날 배낭을 꾸리는데도 한참이 걸렸다. 대학을 졸업하고 취직을 한 뒤 단 한 번도 긴 휴가를 가져본 적이 없었고, 어떻게 짐을 싸야 하는지조차 몰랐다. 내 인생은 금요일까지 이 직장에 다녔으면 다음 주 월요일부터 새 직장에 다니는 식이었다. 쉰다는 것은 노동을 멈춘다는 의미였고, 그것은 나를 견딜 수 없이 불안하게 만들었다. 이제와 생각해보면 내 청춘에 가장 안타까운 시절이었는데, 그때는 그 믿음이 너무 견고했다. 바보 같은 일이다.

마지막으로 배낭을 확인하고 문자메시지를 보냈을 때 남자는 배낭여행이 처음인 내게 몇 가지 조언을 해주었다. 하나는 한 달이 넘는 여행 중 가장 골치 아픈 것 중 하나가 옷가지를 빨아서 널고 말리고 짐을 싸는 것이니 빨랫줄을 챙겨 가면 요긴하다는 것, 또 하나는 언젠가 꼭 유용한 순간이 올 테니 소주 두 병을 챙기라는 것이었다.

공항으로 가는 날, 이른 아침 구겨진 슬리퍼에 무릎 나온 '추리닝' 차림으로 집 앞 슈퍼에 들렀다. 둘둘 말려져 있는 주황색 빨랫줄 뭉텅이를 하나 집고, 남자의 조언대로 플라스틱 병소주도 두 개 챙겼다. 분주하고 고요한 아침 공기 속에 혼자 멍하니 떠돌며 계산대 앞에 서자 슈퍼 주인아저씨가 툭 하고 내뱉듯 말을 건넸다. "아가씨, 자살해?" 그제야 웃음이 터졌다. "나야 뭐, 장사하는

사람이라 팔긴 팝니다." 아저씨의 무심한 말투에 연달아 웃음이
터진 나는 모처럼 밝은 음색으로 여행을 간다고 웃어보였다. 그랬
다. 어찌 보면 살기 위해 자살하러 가는 기분이었다. 아등바등하
며 살아도 번번이 미끄러지던 나를 일부러 먼 곳까지 데리고 가서
아주 깨끗하게 과거의 나를 죽이고 거기서부터 다시 새롭게 살러
가는, 그런 기분이었다.

미니족발과
서울 막걸리

꼬들꼬들한 미니족에 직접 담근 막걸리의 조화를 알게 된 건 좋았지만,

그때의 기억도 함께 환기시키는 바람에 이제는 선뜻 찾게 되지를 않는다.

인간의 혀는 참으로 신기하게도 기억을 지배하고,

비겁하게 살아남기

남고생들은 어떤지 모르겠지만 내가 여고생일 땐 그랬다. 아침 조회가 끝나고 영교시가 시작하기 전 쉬는 시간이면 전날의 안부를 나누던지 독서실에서 쓴 편지를 전해주러 제일 친한 친구네 반으로 놀러간다. 나는 주로 가지 않고 누가 오는 편이었다. J가 딱지 모양으로 접은 편지를 들고 내 자리로 찾아왔을 때, 부은 눈과 이상하게 뻣뻣한 단발머리를 하고 있었다. "무슨 일이야?" J가 대답했다. "늦잠을 잤어." "머리는 왜 그래?" "시간이 없어서 샴푸랑 린스를 동시에 섞어 감았더니 이렇게 됐어."

모든 일엔 순서가 있다. 물리적인 시간의 한계와 그보다 혹독할 능력의 한계. 이러한 한계들 중 어떤 것이라도 자명할 경우엔 과감하게 단계를 하나 생략하든지, 더 과감하게 아예 포기해야 한다. 욕심과 미련을 샴푸와 린스처럼 섞어버려선 안 된다.

갖고 싶은 가방이 있어서 동그라미 쳐놓은 광고지를 벽에 붙여놓았다. 저건 술 세 번만 안 마시면 살 수 있어. 그렇게 한 달이 흘렀다. 광고지는 여전히 붙어 있고, 술은 다섯 번 정도 마셨다. 누구나 살면서 만나게 되는, 물론 만나지 않고 끝나서 다행인 생도 있겠지만, 동굴에 숨어들던 그 한 철을 떠올려 보면 나는 그랬다. 벽에 붙여놓은 욕망, 또는 희망과는 별개로 흘러가는 시절, 사람이 바닥을 치다보면 그냥 끝내버리고 싶다는 생각과 미치도록 돌파하고 싶다는 생각이 매일 같이 싸우는 시기가 오게 된다. 그럴 땐 일부러라도 집 밖으로 나가서, 부끄러워 미치겠지만, 햇볕 아래 초라한 몸을 내놓고 다른 사람들 사이에 섞여보아야 한다. 그게 얼마나 큰 용기가 필요한 것인지 알지만, 마음을 독하게 먹자. 그렇게 몸을 움직이고 긍정적으로 살아보자. 그러기 위해서 운동을 열심히 하자. 땀을 빼고, 몸을 혹사하고, 간신히 집에 돌아와 아무 생각 없이 곯아떨어지자. 그런 마음을 먹게 된다. 좋은 전환이지. 그런데 그 다음이 하나 더 있다. 그렇게 열심히 운동을 하는 순간에 그냥 한강에 뛰어들어버릴까? 이런 마음을 먹게 되는 지점이다. 열심히 해봤자 결국 아무것도 좋아지는 게 없는데 뭐 하러 산에 오르나, 뭐 하러 자전거 페달을 돌리나, 한강변을 달리고 산에 기어오르면서도 이런 생각이 드는 바로 그 지점 말이다.

사람들은 누군가 스스로 스위치를 내릴 때마다, 독한 마음을 먹고 죽을 생각하지 말고 그 마음으로 열심히 살아야 한다고 위로인지 질타인지를 한다. 안타까운 마음의 발로에서 나오는 애정과 진심 어린 말들인 것은 알지만, 실은 생의 스위치를 내리는 일은 비겁한 게 아니라 용기 있는 결단 같이 느껴질 때가 있다.

자유로 인터체인지에서 그냥 이대로 운전대를 꺾어 난간을 들이받아 한강으로 뛰어들고 싶은 충동 때문에 한동안 운전을 하지 않았다면 그것이 오히려 비겁이고, 설거지통에 물을 받아놓고 손목을 그어버리려다 기르던 강아지가 낑낑대며 부비 대는 바람에 그만뒀다면 그게 비겁이고, 그리하여 그 비겁의 힘으로 다들 살아남은 거라고 생각한다.

모두가 그런 건 아니겠지만, 죽고 싶다는 마음을 먹어본 사람이라면 누구든 그럴 것이다. 누군가를 '엿 먹이기' 위한 자살이 있을까? 그런 건 '전설의 고향'에나 나오는 이야기라고 생각했다. 나를 둘러싼 모든 소음을 해결하기 위한 최종 선택, 음소거 버튼 같은 것. 물론 나도 모른다. 그저 추측일 뿐이다. 나 또한 비겁하게 살아남았고 확실한 선택을 했던 사람들은 말이 없으니.

그런 생각들로 머릿속을 어지럽히며 대낮에 목동을 걷다가 길을 잘못 들어 광명으로 갈 뻔했다. 다시 방향을 잡고 양화대교를 건너는데, 그건 아주 잘못된 선택이었다는 느낌이 왔다. 견디기 힘든 공기와 소음은 끈적한 도시의 먼지가 되어 귓구멍에 빼곡히 들러붙었고, 모든 걸 그만두고 싶게 만들었다.

그때 멈췄어야 했는데. 신발 속에선 양말이 자꾸 겉돌아 발뒤꿈치에 물집이 잡혔는데, 그렇다면 택시를 잡아타면 끝날 일인 것을, 길을 헤매고 발목이 없는 양말을 고른 병신 같은 선택을 한 나한테 도무지 잘해주고 싶은 마음이 들지 않았다. 고소공포증이 있고, 물에 대한 포비아가 바퀴벌레를 이길 정도로 심한 주제에 어떻게 한강 다리 위를 건널 생각을 했던 걸까? 병신같이. 옆에선 차가 씽씽 달리는데, 어떡할 거야 이제 와서. 흘끔흘

끔 밑을 내려다보니 거대한 도토리묵 같은 한강이 무겁게 출렁였다. 무릎이 후들거렸고 잠시 어지러웠다. 그런데 그 공포와 두려움 속에서도 문득 뛰어들고 싶은 거다. 뛰어들면 모든 게 끝나니까. 그래서 비겁함의 힘에 의지해 정신을 똑바로 부여잡고 씩씩하게 다리를 건넜다.

다리 끝에서 한강 고수부지께로 내려가니 물의 실체도 가까이 보이면서 마음이 좀 진정되었다. 그리고 익숙한 길을 따라 집으로 왔는데, 내가 한강 다리의 공포에 사로잡혀 환기시키지 않아도 될 기억을 불러낸 것에 대해 그제야 심장이 두근거리기 시작했다. 그러지 말자. 다리 위로는 다시 올라가지 말자.

예전에 같이 일하던 피디와 자주 와인 바에서 술을 마셨는데, 그때 우린 그런 얘길 자주 했다. 얼굴에 분칠하는 애들은 자기들끼리 자기들만의 세상에서 살아야 해. 배우 할 때 배俳가 어떤 조합인지 알지, 사람 인에 아닐 비야. 사람이 아닌 거야. 일 이상으로 그런 사람 아닌 애들이랑 엮이면 절대 안 된다. 얼굴에 분칠을 하고 조명을 받는 사람들 중에서 특히 아픈 여자들은, 그래서 항상 유리알처럼 불안한 심정으로 보게 돼. 커튼콜이 내려갔을 때의 정서 상태를 알코올, 폭력, 섹스, 마약, 겜블링, 그런 것들로 보상

하려 하고. 그런데 우리나라 여배우들은 교회에 잘 빠지더라, 금기가 많으니 종교로 가는 거야. 아무튼 맨정신으로는 버틸 수 없는 그런 강도 높은 감정노동을 겪으니 이해가 아주 안 가는 것도 아냐.

나는 마음이 아픈 여배우가 극한의 감정을 소강시키기 위해 한강변을 달리면서 죽고 싶은 마음을 몇 번쯤 이기고 다시 평정심을 되찾을 일말의 여지를 스스로에게 주지 않고, 단 며칠 만에 스위치를 누르도록 종용하는 것이 뭐였을까 종종 생각한다. 그것은 무척 화가 나는 일이다. 스스로의 선택이긴 해도 그런 국면이 된 데는 분명 뚜렷한 이유가 있다.

그러니까 아픈 사람들은 좀 더 마음을 독하게 먹고 나빠질 필요가 있다. 잘 되지는 않겠지만, 일단은 남한테 화를 낼 필요가 있다. 교회 같은 데 다니면서 용서만 구하지 말고, 제발 너를 분노하게 하는 대상에게 욕을 퍼붓기를. 착한 여자는 죽어서 천당에 가지만, 나쁜 여자는 살아서 어디든 간다. 로또도 맨날 꽝만 나오는 인생이면서, 대체 뭘 믿고 사후세계에 배팅을 거나.

인생이 실타래처럼 꼬일 땐 내가 처한 한계들의 몇 단계를 생략하고, 포기하고, 그러느라 샴푸와 린스를 동시에 머리에 부어

부스스한 모습으로 잠시 지내보는 거다. 일단은, 우리 같이 비겁

하게 살아남자. 나도 꾸역꾸역 해보고 있다.

대게찜과
샴페인

한동안 와인바를 시도해보았지만 까베르네 소비뇽과 샤르도네 이상 기억하지 못한다.

그때 자주 가던 강남역의 아주 좁은 와인바 벽에 붙어 있던

불스아이 다트가 반짝이던 장면은 또렷한데.

반짝반짝 빛나는 반지하의 자영업자

비포장도로를 직진하느라 엉덩이가 부서질 것 같았는데 핸들을 조금 꺾었더니 아스팔트까진 아니어도 다닐만한 길이 바로 나왔다. 그 동안의 내가 멍청했음을 인정하는 것이 슬플까, 아니면 고집부리다가 영영 망할 수도 있었는데 이쯤에서 제대로 된 길을 찾은 것이라고 위무하는 꼴이 슬플까. 어느 쪽이 덜 없어 보이려나, 고민하다가도 남들에게 보이는 것이 뭐 그리 중요하나 싶다.

포기하는 것은 언제나 떨떠름하다. 실패해도 괜찮다고 말하기엔 실패 이후의 삶이 아찔하기 때문이다. 그렇다면 실패하지 않기 위해서 포기하는 것은 어떤 가혹한 평가를 받을까? 포기가 아닌 방향의 선회라는 세련된 표현을 써도 좋을까. 그렇게 해서 내 기분이 나아진다면, 그리해보는 것은 어떨까. 나는 그럴 수 있다. 언제나 이런 생각을 한다. 나는 장사꾼이라고, 내가 가진 것들, 다르지만 닮아 있는 이런저런 것들을 좌판에 늘어놓고 값을 지불하겠다는 사람이 나타나면 그에 맞는 것을 골라 언제든 내어 줄 수 있다고 말이다. 그러니 나는 쓸쓸한 좌판에 나를 쪼개 늘어놓고 파는 자영업자다.

나의 자영업이론을 들은 Y의 표정이 예상 밖이었다. 웃어줄 줄 알았던 그는 고심했고, 충고했다. "넌 A는 좋은데 B는 안쓰러워. 그걸 고쳐보면 어떠니." 한숨이 나오려 했다. A와 B는 본질적으로 같다. 가령 내 글이 우울하다고 해서 나의 전부가 우울함으로 채워져 있진 않은 것처럼 말이다. 어쩌면 글로써 우울함을 공기 중에 휘발하는 거라고 이해하자. 그럼 쉽잖아. 과학실에 가면 비커도 있고 현미경도 있고 온갖 신기한 기구들이 다 있는데, 그 중에 알코올램프라고 생각하면 되잖아? 그 작은 램프 안에 내 우울이 담겨있고 심지에 불을 붙이는 행위가 글쓰기라고 하면 어떨까.

자판기를 두드리는 동안 작은 불꽃이 일렁이며 내 우울을 휘발해버리는 거라면. 나는 결국 Y를 설득하지 못했다. 희망찬 자영업 이론을 그가 심각하게 받아들인 후부터 나 역시 식어버렸기에 그쯤에서 그냥 그만뒀다. 생각해보면 Y는 대체로 그런 식이었다. 도시빈민의 삭막하고 각박한 삶이 지겨워, 어디 서울 근교의 작은 집 마당에 빨래나 말리며 살고 싶다 푸념할 때 내가 원하는 것은 적당한 맞장구와 작은 위로, '그래 그러면 참 좋겠구나'라는 한 문장이다. 하지만 Y가 돌려주는 것은 '땅콩집' 성공사례와 귀농에 관한 수많은 링크들이었다. 남자들에겐 문제의 해답을 내놓는 것으로 마음을 표현하는 방법을 절제하는 일이 영 어려운 숙제인지도 모른다. 그래도 Y와는 계속 함께 할 것이다.

샤를리즈 테론이 〈보그〉 지와의 인터뷰에서 열아홉 이후로 서른여섯이 되기까지 남자친구 없이 쓸쓸한 시간을 보내는 것이 이번이 처음이라고 말한 것을 보고 미칠 듯한 공감이 밀려왔다. 당장이라도 테론 언니와 둘이 우리 동네 이자카야에 가서 고노와다에 사케라도 한 잔 마시고 싶었다. 물론 오해의 소지가 있는데, 샤를리즈 테론의 미모가 백 층이라면 내 미모는 일 층, 아니 반지하, 아니아니 지하 오 층 주차장 정도의 미모일 뿐이지만* 뭐 꼭 그렇게 예쁜 순서대로 연애를 하는 건 아니니까.

사람마다 연애의 기운이 필요한 정도가 다르다고 생각한다. 그래서 오랜 기간 싱글로 지내고도 무사한 사람도 있지만, 연애의 기운이 충만한 이들은 곁에 언제나 마음에 둔 이가 있어서 그 사람 귀에다 좋알대기도 하고, 입술에다 쪽쪽대기도 하고, 그러니까 마음과 몸으로 비비적대면서 등도 긁어주고, 귀도 파주고, 그런 것들을 해야지만, "아, 내가 살아있어." 하는 것 아닐까. 사람은 고쳐 쓰는 게 아니니까 나는 Y를 고치려 들지는 않을 테지만, 그때그때의 섭섭함이나 고마움을 숨기지 않고 표현하는 것으로 내가 어떤 눈빛에 춤을 추고 어떤 표정에 시무룩해지는지 익숙하게 만들 것이다. 그렇게 나는 늙도록 물고 빨고 핥을 수 있는 짝을 곁에 두고 살고 싶다.

홍상수의 많은 영화 가운데 이런 대사가 있다. "사람들 대부분의 불행은 사실은 정말로 제대로 된 짝을 못 만나서 일어나는 거야. 그건 돈도 아니고 열등감도 아니고 성공을 못해서도 아니야. 거지같은 부모를 만나서도 아니더라고……. 정말 제대로 된 짝만 만나면 인생이 만사형통이야."

인간은 불완전한 존재라고 여기지만, 꼭 그런 이유로 이인 일

조가 되어야 한다고 믿지는 않는다. 짝이라는 건 있으면 더없이 좋겠지만 없이 살아도 괜찮다. 지금 현재 짝이 없다고, 혹은 이별했다고, 아니면 이혼했다고, 어쩌면 태어나 지금까지 이렇다 할 인연 하나 없었다고 해서 감히, '그건 실패한 삶'이라 말할 수는 없다. 그렇지만 정말이지 제대로 된 짝만 만난다면, 인생은 만사형통이다. 그 반대라면 인생이 지옥인 것처럼.

* 시트콤 〈할 수 있는 자가 구하라〉 中 구대표 대사 인용

고노와다와
고구마 소주

서른 이전에는 고노와다의 맛을 몰랐다. 지금은 통탄할 정도로 좋아하지만.

이자카야에 가서 오마카세를 주문하면 작은 종지에 고노와다를 내오는 곳들이 있는데.

사시미를 찍어 먹는 용도로 보이지만 나는 늘 단번에 마시곤 한다. 참을 수 없어.

누루미처럼 꿈뻑꿈뻑

S가 들려준 이야기다. 자유로를 운전하다가 비상등을 켜고 속도를 줄이는 차들의 행렬을 보고, 어디선가 접촉사고라도 난 것인가 싶었는데 아니었단다. 한강 쪽에서 출몰한 오리가족이 엄마오리 뒤를 이어 한 줄로 횡단을 하고 있었다. 그 이야기를 듣고 가슴이 괜히 벅차서, 이야기가 끝나기도 전에 "그래서 그 오리들은 무사히 건넌 거야?" 묻기부터 바빴다. 다행이 오리는 무사히 건넜단다. 그리곤 기분이 좋아져서 하루 종일 오리 생각을 했다. 몇 년이 지난

지금도 가끔 그 오리 행렬을 떠올리는 이유는 그 즈음 텔레비전에서 보았던 다큐 때문일 거다.

시베리아를 건너야 하는 어미두루미는 아마도 커다란 매였을 포식자에 그만 잡아먹히고 말았다. 졸지에 혼자 남겨진 아기두루미는 아직 다 자란 게 아니라 어딘가 어색한 태를 하고 긴 다리를 종종거리며 광활한 골짜기 어딘가에서 두리번거리고 있었다. 그 모습을 떠올리면 지금도 심장이 쿵쿵거린다. 하늘엔 또 다른 포식자가 원을 그리며 아기두루미를 주시하고 있었고, 이렇게 남겨진 두루미가 무사히 대륙을 횡단하는 일은 지극히 드물다는 내레이션이 흘러나오고 있었다.

바로 그때 마치 영화의 한 장면처럼 또 다른 두루미 무리가 커다란 브이 자 대열을 하고서 산 너머로부터 모습을 드러냈고, 아기두루미는 힘차게 땅을 박차고 날아올라 무리에 합류했다. 눈물이 왈칵 쏟아졌다. 이 장면을 떠올리면 지금도 주책맞게 눈물이 조금 나려하는데, 인간은 그 정도로 무리에 의존하며 살진 않지만 적어도 생애에 한번쯤은 그런 극적인 장면을 간절히 바라는 순간이 오기 때문 아닐까 싶다. 산기슭에 덩그러니 남아 목적 없이 발을 구르던 모습, 불안조차 드러낼 수 없어 당혹감만 가득하던 아기두루미의 눈동자, 껌뻑이던 그 까만 눈, 나도 그런 눈빛을 종종 마주치곤 한다.

목소리를 높여야만 이야기할 수 있을 정도로 비가 쏟아지던 날 곱창집에서 내놓기 망설여지는 순간들, 가차 없이 까이고 그 앞에 고개 숙이던 경험들을 두서없이 늘어놓으며 연거푸 들이키던 술잔 속에서, 가끔은 거울 속에서도, 나와 닮은 그런 눈빛을 종종 마주치고는 모른 척할 수 없어 서로의 등을 쓸어주며 잠들곤 한다.

곱창전골과
기린 츄하이

비가 오는 날 지글대거나 부글대는 소리를 찾아가는 것은 인간의 본성인지도 모른다.

불판 위의 삼겹살, 철판 위의 김치전, 그리고 푸짐한 곱창전골이 빗소리와 경쟁하듯

지글지글, 부글부글. 그 소음들 가운데 속엣 말을 슬쩍 던져놓고

그렇게 서로의 등을 다독인다.

하지만, 어른이니까

오징어회에 개불도 좀 썰어놓고, 보기만 해도 시원한 대구탕까지 끓였다. 어느 명절에 들어온 안동소주를 따기로 한 날이지만, 나는 운전을 핑계로 마시기를 그만뒀다. 우리 집 늙은 개의 엉덩이를 베고 누워서 텔레비전에 나오는 추성훈의 팔뚝을 보고 있었는데, 엄마와 언니는 마주 앉아 술을 자꾸 따르더니만 둘 다 좀 취한 것 같았다. 엄마가 언니에게 말했다. "너한텐 크게 미안한 게 없어. 넌 공부를 하고 싶어 했으니까. 좋은 학원은 못 보내고 과외도 못

시켜줬지만, 곧잘 했고." 언니가 거들었다. "맞아, 엄마. 솔직히 난 다른 건 할 줄 아 게 없어서 공부를 했어. "근데 엄마는 얘한텐 좀 미안해." "그치, 얘는 좀 아까웠지." 어라, 내 얘긴가?

철없는 꼬마였을 때는 멋모르고 피아노를 가르쳐달라, 그림을 그리겠다, 심지어는 판소리를 배우고 싶다, 떼를 써보기도 했지만 다른 사람도 아니고 성정이 호랑이 같은 엄마에게 그런 게 통할 리 없었다. 오히려 괴로웠던 것은 이미 다 포기하고 얌전히 공부하는 애를 들쑤셔서 호들갑을 떨며 음악을 시켜라 미술을 시켜라 바람을 넣던 선생들이었다. 그때 그 기억들이 나한테만 상처를 준 줄 알았는데, 엄마한테도 상처였다는 걸 알게 되니 기분이 몹시 더러워졌다. 엄마가 술기운에 너무 빠져드는 거 같아서 무슨 말이라도 해야 할까 잠시 고민했다. '엄마, 어차피 그때 등골 빠지게 시켜봤자 돈은 돈대로 까처먹고 남들 다 있는 재주 하나 가진 그저 그런 애가 되었을 거야. 그러니까 너무 미안해 마.' 이건 좀 낳아주시고 길러주신 부모 앞에서 차마 해서는 안 될 '병신 인증' 같고, '그래! 그러니 밥숟갈까지 다 내다 팔아서 정말 뭐라도 시키지 그랬어, 잔재주가 많으면 굶어 죽는다는데 지금 내가 딱 그 짝이잖아?' 이러면 이건 뭐 패륜이고.

나는 우리 집 늙은 개의 궁둥이를 짚고 스윽 몸을 일으켰다. "그러니까 됐고! 뭐 그런 게 이제 와서 미안하냐!" 하며 술을 따랐더니, 넌 왜 안 먹냐며 내게 술을 따른다. 오늘은 정말 술 마시고 싶지 않은 날인데. 방바닥은 뜨끈뜨끈하고 속에서 뭔가 올라올 거 같은데. 그렇지만 달리 할 말이 없어서 잔이 채워지는 걸 그냥 묵묵히 바라보고 있었다. 그래 난 이제 어른이니까. 꾹 참고 목구멍에 술을 털어 넣었다.

대구탕과 오크젠 소주

결국엔 취했고, 운전을 하지 못했다. 안동소주는 약으로도 쓰였다는데

난 언제나 고군분투 하는 심정으로 마셨고, 한 번도 안동소주를 이긴 적이 없다.

우리는 모두 아름다운 잉여에요

편의점 불빛에 의존하며 매일을 밤
으로만 살아가던 동굴에서의 한 철,
그 시절을 생각하면 지금도 호흡이 떨리지만 그래서인지 한발 한
발 무덤덤하게, 일희일비 않고 묵묵하게, 소처럼 가려고 한다. 남
에게 내보일 것도, 그렇다고 걱정 끼칠 것도 없는 생을 살면 그것
으로 성공이라는 생각으로 하루하루를 산다. 요란하지 않게 있는
힘껏 살기로 한다.

테드강연의 열렬한 팬까지는 아니지만 가끔은 보게 되는데,

'인지 잉여는 어떻게 세상을 변화시킬 것인가'라는 영상에서 클레이 셔키는 창조라는 것은 무언가를 하는 것과 아무것도 안하는 것 사이에 있다고 설명한다. 이 영상에 대한 소개 글을 부분 떼어오면 이렇다.

"우리가 위키피디아를 편집하고, 우샤히디에 포스트를 올리며, 고양이 짤방을 만드느라 바쁘다는 것은, 더 낫고 협력적인 세상을 만들어 나가고 있다는 것이다."

나는 이것을 인지 잉여가 보다 나은 사회를 만드는 데에 가장 중요하게 작용하는 요소로, 무엇을 하느냐 보다 '얼마나 좋아서 하는지'가 포함되어 있다고 해석했다. 딱히 이 영상이 그런 주제를 의미하는지는 모르겠지만, 다만 내가 해온 일들의 맥락 없음을 설명하기 지칠 때, 내 삶의 카테고리가 정돈되지 않아 난감할 때, 그래서 결론이 뭐냐고 다그치는 질문을 향해 빈손을 내보여야 할 때, 하나의 키워드로 설명 불가능한 내 삶의 족적을 나 밖에 설명하지 못하는 것을 떠나 아무도 관심 없어할 때, 그래서 스스로에게 '잉여인간'의 명찰을 붙이며 고개가 자꾸 수그러들 때 한번쯤 내가 얼마나 좋아서(혹은 그땐 그게 좋아서) 이 짓을 하는지 또 했었는지, 그걸 떠올리며 스스로의 궁둥이를 쳐주면 좋겠다.

각자의 궁둥이를, 툭툭.

가끔씩 서로 툭툭.

팔리지 않는 글을 쓰고, 반응이 없는 그림을 그리고, 기껏 트위터 계정을 만들어서 음담패설을 올리는 것으로 바이트와 인생을 동시에 낭비하고는 있지만, 우리는 그게 좋아서 열중하는 것으로, 그것으로 이미 좋은 세상을 만들고 있다. 그렇게 궁둥이를, 툭툭.

교자만두와
아사히 캔맥주

편의점에서 파는 안주용 주전부리는 당연하지만, 편의점이 아니면 다른 곳에서는 절대로 사먹지 않는

다. 그리고 한번 먹고 나면 다신 먹지 말아야지, 하는 생각이 슬며시 들기도. 편의점에서의 가장 중요

한 체크사항은 수입맥주 할인행사 때는 대형마트보다 싸게 구입할 수 있다는 점.

기다렸다가 냉장고에 쟁여놓으면 부자 된 기분을 만끽할 수 있다.

나는 걸레, 나는 행주

얼굴에 베개 눌린 자국을 감추려고 안경을 뒤집어쓰고, 옷 입기도 귀찮아서 원피스 잠옷 위에 무릎 위까지 내려오는 야상을 입었다. 단추를 꼭꼭 채우고 뉴에라 모자를 쓰고 야상에 달린 모자까지 한 번 더 뒤집어 쓴 뒤 편의점에 가서 캔맥주를 사는데, 어이없게도 신분증을 요구하더라. 십 년 전엔 나도 모르게 샐쭉하게 웃었지만, 지금은 이렇게 생각한다. '이 새끼가 미쳤나……'

자취방에 돌아와 맥주캔을 따고 단숨에 절반을 비웠다. 등이 간지러워서 팔꿈치를 최대한 하늘 높이 들어 등을 긁었는데 모기 물린 자국이 손가락 끝에 느껴졌다. 정말 웃기는 일 아닌가. 이 방에 피가 흐르는 동물이라곤 달랑 나 하난데, 넌 그럼 오직 날 빨아먹으려고 여기 있는 거구나? 확실한 타깃. 나 아니면 너는 죽는 거다. 멋지다, 모기 네 삶이 나보다 훨씬 멋지다.

편의점에서 '79'로 시작하는 신분증을 확인한 후 민망해하는 편의점 알바의 얼굴을 보고 굳어진 내 얼굴이 싫어 욕이 나온다. 어느덧 나는 내가 고르지도 않은 숫자 때문에 신나게 거절당하는 중이다. 입사 자격 요건에서 거절당하고, 결혼 적령기에서 거절당하고, 홍대 클럽에서 거절당한다.

나는 내 나이가 좋은데. 내가 나이든 체 짐짓 어른인 체, 인생 좀 아는 체하는 이유는 이제껏 살아온 내 삶 중 현재 시점이 최고령이기 때문이다. 하지만 백 살 가까이 살아갈 징그러운 생애를 통틀어 나는 이제 막 야구로 4회 말, 농구로 2쿼터, 배구로 전반 전 끝나려면 아직 수차례의 랠리가 남아있는데, 따지고 보면 아직 꼬맹이인데, 짜증나 죽겠다.

몸에 묻은 짜증을 후두두둑 털어내고 싶을 때면 많이 걷고, 그만큼 많이 먹었다. 치뻗는 신경질을 이기려면 문 밖으로 나가는 수밖에 없다는 사실을 우리는 잘 알고 있다. 물론 불도 안 켠 방에 처박혀 닌자처럼 은둔하든지 단골 술집 구석 테이블에서 맥주에 소주를 말아 먹든지 하는 것도 좋지만, 이왕이면 밖으로 나가 햇살에 눈살 찌푸리며 광합성을 하며 걷거나 자전거 페달을 힘차게 밟는 편이 좀 더 좋다. 이렇게 온 몸에 짜증이 묻을 때는 말이다. 그래서 마음 딱 먹고 나서려는데, 비가 오는 것이다. 비가 오고, 생리를 하고, 12센티미터 힐을 신고 열 시간 동안 술 마신 뒤부터 오른쪽 고관절이 아프고, 핑계가 많고……

별 수 없이 맥주캔을 하나 더 따고, 편의점에서 사온 치즈 맛 맥스봉을 베어 물었다. 현관에 걸어둔 우비를 잠깐 쳐다봤다가 에라 모르겠다, 심정이 되어 침대에 벌렁 누웠다. 어차피 비가 오면 광합성은 못하잖아. 시원한 맥주가 목구멍을 타고 내려가니, 과연. 뭐가 먹고 싶은지 모를 땐 일단 맥주를 마셔보라는 어느 현자의 조언대로 떡볶이 생각이 간절해졌다. 슬슬 자전거를 타고 사거리에 있는 국대 떡볶이까지는 다녀올 수 있겠다. 그렇게 맥스봉을 입에 문 채로 몸을 일으켰다.

비가 올 때 우비를 입고 자전거를 타도 전혀 웃기지 않다는 Y의

견해를 받아들인 뒤부터 나도 비가 오면 우비를 입고 자전거를 타기 시작했다. 조금은 우스운 그 꼴로 한강에 나가면, 그 비를 내리 맞으며 달리는 사람들이 있다. 아저씨 운동화가 몇 켤레예요? 하루 만에 마르진 않을 텐데? 묻고 싶지만, 단번에 우리는 순식간에 스쳐 지난다.

나는 젖게 되면 난감한 단 하나의 낡은 운동화가 있다. 몇 년을 신었는지는 숫자의 개념이 희박해서 계산도 안 되지만, 어쨌든 나는 낡고 헤진 운동화를 보면 우쭐대고 싶을 만큼 기분이 좋아져 밑창이 오리주둥이 모양으로 떨어져 나갈 때까지 신고 또 신고 죽을 때까지 신고 환생해서 또 신을 것처럼 그렇게 줄기차게 신는다.

그러나 구두는 다르다. 낡은 구두는 사람을 슬프게 만든다. 위축되게 하고, 초라하게 만든다. 부끄럽게 만들고 숨고 싶게 만든다. 초라한 꼰대같이 자꾸 인생에 빗대어 생각하게 된다. 걸레는 더러울수록, 행주는 깨끗할수록 좋은 것처럼 우리 생도 그런 이면을 동시에 갖는 것 아닐까, 이런 식으로 말이다.

지금의 나는 비록 헤진 운동화지만 신발장만 열면 내게도 매끈한 구두가 있어 언제든 꺼내 신을 수 있다고, 낡은 운동화 주제에 잘 빠진 구두가 되는 꿈을 꾸는 것이 아니라 이미 나는 운동화이기도 하고 구두이기도 하다고. 그러니 나는 걸레라고 그리고 행주라고. 못나가는 시인처럼 무생물에 대고 삶의 비유를 하게 된다.

감자튀김과
에딩거 생맥주

인천공항 9번 게이트 근처에 독일 뮌헨에서 직접 만든 에딩거 맥주를 항공기로 직접 운송하여 제공하

는 작은 바가 있다. 술꾼들은 이미 아는 그곳. 이른 아침 공복에 거기서 에딩거 생맥주 두 잔을 아침 식

사로 마시고 비행기에 탑승하자마자 숙면 상태로 홍콩에 간 적이 있지.

노
란
리
본

길고양이들에게 먹일 구충제와 같이
사는 내 개들에게 먹일 사상충 약을
잔뜩 사들고 동물약국 문을 막 나서는데, 느닷없이 비바람이 치기
시작했다. 우산이 뒤집어지고, 하늘이 묵직하게 울어댔다. 석연
치 않은 날씨에 남은 일정 두 가지를 모두 취소하고 귀가를 서둘
렀다. 백수가 이럴 땐 좋구나 생각했다.

미어터지는 버스정류장을 뒤로하고 결국 이대역으로 내려갔는
데, 여기도 분위기가 어수선했다. 어디선가 또 사고가 났던 모양

이다. 엄지손가락으로 2호선 열차 사고 뉴스를 뒤적이며 홍대입구역 안내방송에 따라 고개를 들었더니, 지하철 문이 열리며 교복을 입은 여학생들이 삼삼오오 서있는 모습이 눈이 들어왔다. 그리고 마침내 그 아이들의 교복 앞섶에 노란 리본이 달려있는 것을 마주하고는 왈칵하고 눈물을 쏟고 말았다.

주책맞게 나이가 들어 할매가 되려는지, 그렇게 지하철 역사 구석에 서서 벽을 보고 훌쩍거리다가 이게 뭐 하는 청승인가 싶어 침을 꿀꺽 삼키고 계단을 올랐다. 그리고는 지금 드는 이 창피함은 어디서 오는 감정일까 하루 종일 생각했다.

나는 여자대통령도 아니고, 해운사 사장도 아니고, TV조선 기자도 아니고 뭣도 아닌데, 나는 갑자기 지금 이 자리에서 사라져도 뉴스에 나오지 않을 만큼 아무것도 아닌 사람인데, 오늘 부로 행불자가 되어도 나의 행방을 궁금해 할 사람이 몇 십 명 정도 되려나 싶은 가장 보통의 존재인데, 그럼에도 불구하고 세상을 향해 분노만 내뱉기에는 어딘가 미안한 마음이다.

왜냐면 나는 나이를 먹었기 때문이다. 고작 십 몇 년을 살다 비명에 갔을 그 아이들에 비해 더 많이 살았고, 그만큼 세상이 이렇게까지 나빠지는 데 기여한 바가 있을 것이다. 교통법규를 지키고 남한테 못할 짓 안하고 나름대로 나쁘지 않게 산다고 살아왔지만, 이만큼 나이를 먹었으니 이 세상이 나빠지는 데 조금이라도 보태거나 방관했을 것이 분명하다.

길고양이에게 뭐 하러 밥을 주냐는 사람도 있고, 아이고 정말 좋은 일 하시네요, 하는 사람도 있다. 한 달에 단 돈 몇 만원 들여 사료를 사고 적은 기부금을 보내고 하는 일들은, 전부 다 나를 위한 것이다. 약자가 약자를 도움으로써 위로 받는 일. 아마 힘 있고 가진 것 많은 이들은 이게 무슨 감정인지 잘 모를 수도 있지만, 뉴욕의 노숙자들이 개를 기르는 것으로 삶의 의지를 되찾는 것과 크게 다르지 않을 것이다.

세상이 이만큼 나빠진 것에 대해 일말의 기여를 했을 수밖에 없는 서른이 넘은 나이에 내 힘으로는 세상을 바꿀 수 없다는 무력감을 위로하는 방법은 컴컴한 극장에 앉아 슈퍼히어로 영화를 보는 것일 수도 있고, 길거리에 버려진 동물들에게 밥을 주는 것으로도 가능하다. 내가 밥을 주지 않으면 그날은 굶을 수밖에 없는 불쌍한 목숨들, 결국은 사람 손에 의해 버려졌을 생명들에 대한 미안함을 그들의 배고픔과 목마름을 해결해주는 것으로, 나는 그렇게 살아가는 작은 위안을 삼는다.

세월호 참사로 인해 누군가의 별이 되어 주기 위해 떠나간 모든 이들의 명복을 빈다.

언제나, '남의 죽을병보다 아픈 것이 내 감기'라는 말이 핑계가 되어주었습니다. '누가 내 이야기를 재미있어 하겠나' 싶은 마음이 '사람들에게 말을 걸고 싶다'는 마음을 이겼습니다. 그래서 모자란 실력으로 많은 분들과 제 자신을 동시에 괴롭히며 책이라는 걸 만들어 세상에 내놓는다는 것이 지금 이 글을 쓰는 순간에도 몹시 부끄럽습니다. 그렇지만 언제까지고 부끄럽다고 해서 시도하지 않을 수는 없었어요. 지렁이 환절만큼의 미세한 거리일지라도 저는 조금씩 나아지려고 노력을 하고 있기 때문입니다. 오래 전부터 책을 내보라고 부추긴 분들의 기억 속에 이미 저는 없을지도 모르지만, 이제라도 용기를 내어 노력하고 있는 것 또한 모두 다 여러분 덕분이니 감사의 마음을 전하고 싶습니다.

막연함을 현실로 바꾸어준 라의눈 출판사와 최현숙 팀장님 감사합니다. 제 인생의 비공식 페이지까지 속속들이 알고 있으며 응원과 질타, 그럼에도 불구하고 사랑을 아끼지 않는 친구들 정성숙, 노은아, 장미영, 이윤희에게 감사합니다. 뻔뻔한 부탁에도 흔쾌히 응해주신 서민 교수님, 변영주 감독님, 한상운 작가님, 정지연 편집장님, 배순탁 작가님 감사합니다. 과분한 추천사를 통해 제가 얼마나 칭찬에 약한 인간인지를 깨닫게 해주셨어요. 몇 번의 불효가 더 남아있을지 모르지만, 김 여사님 감사합니다. 저에게 글재주라는 것이 있다면 전부 다 당신에게 물려받은 걸 거예요. 사랑합니다. 쓰고 달고 맵고 짠 감정을 모두 가르쳐준 S, 고맙고, 사랑합니다.

미지막으로 저의 첫 책을 읽어주신 당신, 정말 감사합니다. 무려 2005년부터 제 글에 말을 걸어주신 분들, 떠났다가 돌아오고 영영 제 갈 길을 가기도 했으며 새롭게 악수를 하는 사이, 숱한 오해와 화해로 지금까지 연결된 여러분과 나 사이에 뭔가가 있을 거라는 생각이 자꾸 듭니다. 우리 같이 계속 살아 봐요. 다음에 다시 만날 때까지, 저는 좀 더 나은 인간이 되어보겠습니다. 점처럼 보이던 마흔이 가시거리에 들어오기 시작한 때부터 쓰레기통에 던지고 싶은 일들도 많았지만, 그래도 잘 버텼으므로, 감사했습니다. 살다가 행여 마주치게 되면 뜨겁게, 포옹 한번 합시다.

2015년 봄에

최고운 드립니다